关于爱与美

愛と美について

何青鹏 译

［日］太宰治 著

中国出版集团　现代出版社

图书在版编目（CIP）数据

关于爱与美 /（日）太宰治著；何青鹏译. —北京：现代出版社，
2018.9

ISBN 978-7-5143-7277-9

Ⅰ. ①关… Ⅱ. ①太… ②何… Ⅲ. ①小说集—日本—现代
Ⅳ. ①I313.45

中国版本图书馆CIP数据核字（2018）第210638号

关于爱与美

著　　者：[日]太宰治
译　　者：何青鹏
插　　图：[日]竹久梦二
责任编辑：曾雪梅
出版发行：现代出版社
通信地址：北京市安定门外安华里504号
邮政编码：100011
电　　话：010-64267325　64245264（传真）
网　　址：www.1980xd.com
电子邮箱：xiandai@vip.sina.com
印　　刷：三河市宏盛印务有限公司

开　　本：880mm×1230mm　1/32　　印　　张：6.5
版　　次：2018年10月第1版　　　　　印　　次：2018年10月第1次印刷
字　　数：128千字
书　　号：ISBN 978-7-5143-7277-9
定　　价：48.00元

目录

致读者

　　所载全都是未发表的作品，我想读者读起来也会乐在其中吧。

　　写这些故事，是想给日常生活的荒凉点缀一些色彩。然而寂寥本身，或也可算得上幸福感的一种。现在的我，并没有那么不幸福。一直以来，人们也都对我颇为担待，总是原谅着我。想来尽是些苦涩的事情。

　　《火鸟》写了一半，一时间陷入了停顿，处境十分艰难。也请让我再做些思考吧。

太宰治

昭和十四年五月

秋风记

伫立思物

所见皆物语

——生田长江

唉，我啊，究竟该写一部怎样的小说呢？我被淹没在故事的汪洋之中。我要是个演员该多好啊！我连自己睡觉的样子都能描画出来。

　　即使我死了，也会有人为我死去的脸描上美丽的妆容，也会有人为我而悲伤。K，她大概就会为我这样做。

　　K，是个比我大两岁的女人，今年三十二岁。

　　那就说说 K 吧。

　　K 与我并没有什么特别的血缘关系，但从小就常与我家往来，因此与亲人也没什么分别了。而现在，K 和我一样，也觉得"若从未活过该有多好"。生而为人，不过十年光阴，便已见过这世上最美的事物。此后无论何时死去，也都不会后悔。可 K 却依然活着。为了孩子活着，也为了我活着。

　　"K，你恨我，对吧？"

　　"嗯，"K 严肃地点点头，"有时候，甚至想让你去死。"

亲人大都已经亡故。最年长的大姐，二十六岁时去世了。父亲，五十三岁去世。最小的弟弟，十六岁去世。三哥，二十七岁去世。今年年初，二姐紧随其后，三十四岁去世。侄子，享年二十五岁。堂弟，享年二十一岁。都是与我非常亲近的人，结果到了今年，一个个都相继亡故了。

若是有什么必须赴死的缘由，就请敞开胸怀对我说吧。虽然也帮不上什么忙，但两个人还是可以好好谈谈。一天只说一句也行，就这么说上一两个月也可以。和我一起出去游玩吧。若是那样也寻不到活下去的意义，不，即便那样也不能让你一个人去死。到了那时，就让我们一起去死吧。留在世上的那个人太可怜了。你呀，知道的吧，断念之人的爱有多么深。

就这样，K 活着。

今年晚秋时节，我戴着一顶格纹鸭舌帽，把帽檐压得低低的，前去找 K。吹了三声口哨，K 才悄悄地打开屋后的栅栏门。

"要多少？"

"没钱了。"

K 盯着我的脸，问："想去死？"

"嗯。"

K 轻轻地咬着下嘴唇，说："好像每年一到这个时候，你就熬不下去了啊。冷吗？还扛得住吗？有没有外套？啊呀，还光着脚。"

"这叫时髦。"

"跟谁学的啊？"

我叹了口气道："没跟谁学。"

K也小声叹了口气，说：

"肯定不是什么好人。"

我报以微笑：

"想和K两个人一起去旅行……"

K认真地点了点头。

我知道，大家都知道。K会带我去旅行，她不会让这个孩子死掉。

那天午夜，我们乘上了火车。火车开动之后，K和我终于松了一口气。

"小说怎么样？"

"写不出来。"

黑暗之中，只有火车的声音。哆啦嗒嗒，哆啦嗒嗒，哆啦嗒嗒。

"抽烟吗？"

K从手提包里一个接一个地拿出三种外国香烟。

有一次，我写过一部这样的小说：决意寻死的主人公在临终之时，吸了一口醇香浓郁的外国香烟。在隐秘而模糊的愉悦之中，他打消了寻死的念头。这部小说，K也是知道的。

我脸红了，可依旧还放不下端着的架子。一支接着一支，若无其事地把三种国外香烟都抽了。

火车到了横滨，K 买了些三明治。

"吃点儿吗？"

K 有意做出一副狼吞虎咽的吃相给我看。

我也放下心来，大口吃了起来。有点儿咸。

"我感觉自己哪怕只是说句什么话，都会让大家痛苦，无端的痛苦。倒不如就闭上嘴微笑还好一点儿。可我却是个作家，是个不说点儿什么就没法生活下去的作家。真是够难为人了。就连一朵花我也没办法好好爱护。只是闻一闻那朦胧的花香，这我忍不住。我总会像狂风一样折下这朵花，放在手心里，揪下花瓣，揉成一团。眼泪就这样不听控制地流下来，把花塞进嘴里，一点点嚼烂，再吐出来，踩在木屐下碾碎。就这样，我拿自己一点儿办法都没有。我想杀了自己。我可能不是个人吧。我这段时间真是这么想的。我莫不是撒旦？杀生石？毒蘑菇？什么？可不要说吉田御殿①，我毕竟是个男人。"

"谁知道呢？"K 绷住了脸。

"K 是恨我的。恨我的八面玲珑。啊，我明白了。K 相信我的坚强，高估我的才华。因此，对于我的努力，对于我光鲜

---

① 此处指的是以日本战国时期的德川千姬为原型的日本传说，相传她是淫荡公主，常引诱美男子至御殿供其玩乐，利用殆尽之后再予以毒杀。——译者注

背后那些愚蠢的努力都一无所知。就好像一个猴子剥蘹头，剥呀剥呀，剥到最里面什么都没有。可还是坚信，那里边一定有点儿什么东西。于是便接着剥另一个，剥呀剥呀，剥到最后还是什么都没有。这猴子的悲哀，又有谁能懂呢？所谓的见一个爱一个，其实就是谁都不爱吧。"

K拽了拽我的袖子。我说话的声音很大，在乘客里很是突兀。

我笑了。

"我的宿命就在此处了。"

在汤河原下了车。

"说是什么都没有，那都是骗人的。"K一边换上旅馆的棉袍，一边说，"这棉袍的青色花纹，真漂亮啊，是不是？"

"嗯。"我带着倦意回答，"你是说刚才关于剥蘹头的那番话？"

"嗯，"K换完衣服，紧挨着我悄悄地坐下，"你不相信现在，那你能不能相信当下的这一刹那呢？"

K像个少女那样天真地笑了，她伸着脖子，盯着我的脸。

"刹那不是任何人的罪过，也不是任何人的责任。这我是知道的。"我像个当家的那样双手环抱胸前，端坐在垫子上，

"但对我而言，刹那也不能构成生命的喜悦。我只相信死亡之时那一刹那的纯粹。然而，这世上那些喜悦的刹那——"

"是害怕紧随喜悦之后的责任吗？"

K有点起劲儿了，小声地问道。

"实在没法收场啊。烟火只有一瞬，可肉体即便死去，却依然要以丑陋的形态残存在世上，还不知道要残存到什么时候。若是在看见美丽极光的那一刹那，肉体就随之一同燃尽，那该多好。然而事实却并非如此。"

"真没志气。"

"啊，对于语言，我已经感到厌倦了。随你怎么说吧。有关刹那的事情，就去问那些刹那主义者吧。他们会挽着你的手一点一点教你的。为人生添汁加味，每个人都对自己的那套烹调方法信心十足。活在过去也好，委身刹那也罢，再不然就是寄希望于未来。笨蛋与聪明人之间的分别，大约就在此处了吧。"

"那你呢？是个笨蛋吗？"

"你可饶了我吧，K。我们既不是笨蛋，也并非聪明人。我们要糟糕得多。"

"快说！"

"布尔乔亚。"

而且是落魄的布尔乔亚，仅仅背负着罪的记忆而活着。两人意兴阑珊，便匆匆忙忙站了起来，拿了毛巾向楼下的浴场去了。

过去明日皆不可语。只在这一刻，只在这情感满溢的一刻，于沉默中立下坚定的誓约，我也好，K也好，一同踏上旅程。家中的琐事不可说，身上的痛苦不可说。对于明日的恐惧不可说，对于为人的困惑不可说，对于昨日的耻辱不可说。只有这一刻，至少在这一刻，能够得到安宁。我们一边在心中祈祷，一边悄悄地洗刷身体。

"K，你看我肚子这里，有个伤疤对不对？这是盲肠手术的时候留下来的。"

K像母亲一样，温柔地笑了。

"K的腿很长，可你看，我的腿要更长对不对？一般的裤子都穿不了。还真是个麻烦的男人啊。"

K凝视着昏暗的窗户，问道：

"你说，有没有善的恶行？"

"善的恶行？"我也出了神，嘴里喃喃着。

"下雨了？"K忽然竖起耳朵听了起来。

"是山间的溪流，就从这下边流过。早上的时候，浴场窗外满是红叶。高耸的山峰就立在眼前，简直要让人惊讶得叫出声来。"

"你时常来这儿吗？"

"没有，就来过一次。"

"为了寻死吗？"

"对。"

"那会儿有没有在附近走走？"

"没有。"

"今晚怎么样？" K 若无其事地问。

我笑了，道："什么呀，这就是 K 说的善的恶行吗？哎呀，我还没——"

"什么？"

我终于下定了决心，道："我想你会不会和我一同去寻死。"

"啊，"这一次 K 笑了，"这有一种说法，叫作恶的善行。"

我们慢悠悠地，一级一级地走上浴场长长的楼梯。每登上一级，就念一次："善的恶行，恶的善行，善的恶行，恶的善行，善的恶行，恶的善行……"

我们叫了一个艺伎。

"我们两个人待着，有殉情的危险。因此只好请你今晚看着我们不要睡觉。要是死神来了，就把它赶跑。" K 一本正经地说。

"明白了，如有万一，我们就三个人一同殉情而死吧。"艺伎回答。

我们点燃了纸捻儿，做起了游戏。要在纸捻儿上的火灭掉之前，说出规定的事物，并把纸捻儿传递给下一个人。毫无用处的东西，好，开始！

"裂了一只的木屐。"

"不能跑的马。"

"坏掉的三味线。"

"照不了相的照相机。"

"不亮的电灯泡。"

"不能飞的飞机。"

"那还有什么？"

"快点儿快点儿。"

"真相。"

"啊？"

"真相。"

"什么蠢话，那么，忍耐。"

"好难啊，那我说，辛劳。"

"上进心。"

"颓废。"

"前天的天气。"

"我。"K 说。

"我。"

"那，那，那我也说——我。"火灭了，艺伎输了。

"我都说了嘛，太难了。"艺伎马上放松下来。

"都是玩笑话吧？K，说什么真相啊，上进心啊，还有K自己都是没用的东西，都是玩笑话。即使是我这样的男人，只要活着，就会尽可能地过得体面一点。K呀，真是个笨蛋。"

"那您还是请回吧。"K也变得严肃起来，"就那么想在大家面前显摆自己的严肃和自己那严肃的痛苦吗？"

艺伎的调子也不动听了。

"那我走，我回东京去。给我钱，我走。"我站了起来，把棉袍也脱了。

K抬头看着我的脸，哭了。脸上还残留着些许笑容，哭了。

我不想回去，可没有一个人阻止我。好，那就去死，去死。我换了衣服，穿上袜子。

出了旅馆，我跑了起来。

站在桥上，凝望着桥下白色的山间溪流。觉得自己是个笨蛋。笨蛋，笨蛋，真的觉得自己是个笨蛋。

"对不起。"不知何时，K已经悄悄地站在我的身后。

"可怜……可怜别人这种事，还请适可而止吧。"我的眼泪淌了出来。

回到旅馆，两床褥子已经铺好。我吃下一剂巴比妥，便立即装出睡着的样子。没过多久，K也悄悄爬起来，吃了一剂同样的药。

第二天，在床上迷迷糊糊直到午后才醒。K 先起来了，打开走廊上的一扇窗。下雨了。

我也起来了，没有和 K 说话，独自一人下楼去浴场了。

昨晚的事是昨晚的事，昨晚的事是昨晚的事——我一边勉强着说服自己，一边在宽敞的浴缸里轻轻游了起来。

从浴缸里出来，打开窗，便看见蜿蜒曲折的白色山溪从下面流过。

一只手突然冷冷地放在我的背上。回过身来，是 K。她赤身裸体地站在那里。

"鹡鸰。" K 指着山溪岸边岩石上那只蹦跶着的小鸟，说，"真是过分，竟然有诗人会说鹡鸰像手杖。鹡鸰其实更严肃，也更勇敢，根本不把人类放在眼里。"

我心里也这么想。

K 把身体滑进浴缸。

"红叶啊，真是漂亮的花。"

"昨晚——"我欲言又止。

"睡得好吗？" K 天真地问，她的眼睛像湖水一样澄澈。

我扑通一下跳进浴缸。

"只要 K 活着，我就不会死，对不对？"

"布尔乔亚，不好吗？"

"我觉得不好。寂寞也好，苦恼也好，感激也好，全都成了趣味。自以为是地活着罢了。"

"那么在意别人的风言风语，"K哗啦一下走出浴缸，快速地擦拭身体，"我觉得其实是因为有自己的肉体在那里吧。"

"富人上天堂——"玩笑开了一半，脸上就像啪地挨了一鞭，"寻常人的幸福，似乎很难拥有啊。"

K在沙龙里喝着红茶。

大约是下雨的缘故，沙龙里很热闹。

"要是这次旅行一路平安，"我和K肩并肩坐在能看见远山的窗边椅子上，"完事之后我应该送给K一件什么礼物呢？"

"十字架。"K小声说。她的脖颈细细的，看起来十分纤弱。

"啊，要一杯牛奶。"我吩咐完女服务生，接着说，"K，你果然还在生我的气。我昨晚说的那些胡言乱语，要回去之类的话，都是演戏呢。我啊——可能是得了舞台魔障吧。一天里总要有这么一次装腔作势，不然就浑身不舒服，简直要活不下去。即使现在坐在这里，我也在拼命装腔作势呢。"

"那恋情呢？"

"也有啊。有一天晚上就因为过分在意自己袜子上的破洞而失恋了。"

"喂，你觉得我的脸怎么样？"K认真地把自己的脸伸了过来。

"怎么样？怎么说呢？"我皱起眉头。

"好看吗？"感觉像个不认识的人，"看着年轻吗？"

我想要痛打她一顿。

"K，你就那么寂寞吗？K，你好好记着，你是贤妻良母，而我是不良少年，人中渣滓。"

"只有你是。"话音未落，女服务生端着牛奶来了。"啊，谢谢。"

"令人苦恼的东西，是自由。"我啜饮着热乎乎的牛奶，"令人开心的东西，也是那个自由。"

"可我却不是自由的，无论从哪方面来说都不是。"

我深深地叹了口气。

"K，后边有五六个男人，你觉得哪个好？"

四个年轻人看上去像是在旅馆工作的人，正在打麻将。另外两个中年男人正一边喝着威士忌，一边看报。

"最中间那个。"K望着擦拭过远山面庞的那股流动的云雾，慢慢地说。

回头一看，不知什么时候，已经有一个青年站在沙龙的正中了。他双手揣在兜里，正看着入口右边角落里的菊花插花。

"菊花很难插啊。"K似乎在插花界的某一流派里很有地位。

"好像很久前见过。啊，他的侧脸不是和晶助哥一模一样吗？哈姆雷特。"这位兄长，二十七岁时死了，很擅长雕刻。

"所以嘛，我也不怎么认识其他的男人啊。"K似乎有点害羞。

"号外。"

女服务生一边跑一边将报纸一张一张发给我们。

事变之后的第八十九天

我军已经全面包围上海。敌军溃乱全线撤退。[1]

K瞥了一眼：

"你呢？"

"丙种。"

"我是甲种。"K大声笑了起来，几乎吓人一跳。

"我其实没有在看山，我其实是在看眼前房檐上垂落下来的雨滴的形状。每一滴都有自己的个性。有的像煞有介事似的，啪嗒一下落下来；有的则着急得很，瘦瘦小小地就落下来了；有的装模作样得很，落下来啪的一下，发出很大声响；有的就很无聊，哗地一下就被风吹下来了——"

K和我都已经疲惫不堪。那天我们从汤河原出发，抵达热

---

[1] 此处指1937年日本在上海发动的"八一三"侵华事变。

海的时候，街市正被暮霭所笼罩。家家户户都点亮了灯火，模模糊糊的，让人颇为不安。

到达旅馆，想在晚饭之前散散步。向店里借了两把伞，去了海边。雨天的大海，无精打采地翻腾着，溅起冰冷的飞沫。给人一种冷漠、敷衍之感。

回头看看街市，只是一些零星四散的灯光。

"小的时候，"K停下脚步，说起话来，"我曾用针在明信片上扑哧扑哧地扎小洞，再透过灯光去看。那明信片上的洋楼啊森林啊军舰啊，都裹上了一层漂亮的霓虹——还记不记得？"

"这样的风景，"我故意做出反应迟钝的样子，"我在幻灯片里见过，朦朦胧胧的，大家都看不太清楚。"

我们沿着海岸大街安静而缓慢地走着。

"好冷啊，泡个温泉再出来就好了。"

"我们已经别无所求了。"

"嗯，父亲已经给了我一切。"

"你那种想死的心境——"K蹲下擦着赤脚上的泥，"我明白。"

"我们啊，"我像个十二三岁的少年那样天真地说，"为什么就不能靠自己活下去呢？哪怕去打打鱼也好啊。"

"谁都不会让我们这样做。好像是故意的一样，每个人都把我们视为掌上明珠。"

"对啊，K。即使我故意做些顽劣不堪的事情，大家也只是笑笑——"一个钓鱼人的身影，进入了我的视线，"干脆啊，这一辈子就钓钓鱼，像个傻子一样活着就好了。"

"那可不行哟，鱼的心思，你懂得太多啦。"

两个人都笑了。

"你大概知道的吧？我就是所谓的撒旦。我爱上的人，全都被我毁掉了。"

"我不觉得。谁也不恨你呀。你就喜欢装坏人。"

"是不是很天真？"

"啊，这个好像是神社的石碑。"路边立着一个金色夜叉的石碑。

"我想说说最单纯的东西，K，我是真的，可以吗？我——"

"够了，我知道你要说什么。"

"真的？"

"我什么都知道。我还知道自己是父亲的情妇所生。"

"K，我们——"

"啊，危险！"K挡在我的身前。

K的伞被巴士的车轮碾过，发出嘎啦嘎啦的声音。K的身体也像游泳潜水一样，嗖的一下就化成了一道白色的直线，紧跟着雨伞一起被拽进了滴溜滴溜转着的车轮下面。

"停车！停车！"

我仿佛遭了当头一棒，愤怒不已。使劲踹着好不容易才停下来的巴士的侧面。K趴在巴士的下面，像一朵被雨打湿的桔梗花一样美。这个女人，是个不幸的人。

　　"谁都不许碰她！"

　　我抱起神志不清的K，放声大哭。

　　我背着K一直走到附近的医院。K一边哭一边用微弱的声音说着："好疼，好疼。"

　　K在医院待了两天，便同驱车赶来的家人一道坐车回去了。我一个人坐火车回去了。

　　K的伤似乎并不严重，身体日渐好转。

　　三天前，我有事去了一趟新桥。回来的时候去银座走了走，忽然瞧见一家店的展示橱窗里有一个银十字架，便走进了那家店，没有买银十字架，而是买了架子上的一枚青铜戒指。那天晚上，我兜里刚好有一点钱，是从杂志社那里刚刚领来的。那枚青铜戒指上，镶着一块黄色石头雕成的水仙花。我把这枚戒指寄给了K。

　　作为回礼，K给我寄了一张明信片，上面是她三岁的大女儿的照片。今天早上，我收到了明信片，看到了那张照片。

新树的话语

甲府是盆地，四面环山。小学的时候学地理，刚刚接触盆地这个词，老师就为我们做了各种各样的解释和说明。可无论如何，我都难以想象盆地的实景。来到甲府之后，我才第一次点点头，感叹道：原来是这个样子。排干这片巨型沼泽里的水，在沼泽的底部开垦田地，建设家园：这就是盆地。不过，要造出像甲府这么大的一块盆地来，只怕是要排干周围五六十里的湖水才能办得到。

　　沼泽的底部，说起来有点儿不可思议。我本以为甲府是个多多少少有那么点儿阴郁的城市。事实上，甲府却是个漂亮活泼的小城。有很多人说甲府是"研钵底子"，这话并没有说到点子上。甲府其实要洋气得多。把高筒礼帽倒放过来，在帽子的底部，立着一座小小的旗帜。要这么形容甲府，才算得上准确。甲府，是一座浸染着美好文化的城市。

　　今年早春时节，我曾在此工作过一小段时间。住得离公共

澡堂很近，下雨天里，也不撑伞，就径直去了。路上，同披着雨斗篷的邮递员打了个照面。

"啊，正巧碰见你。"邮递员小声叫住了我。

我倒也并不十分惊讶，心想着应该是有寄给我的邮件。笑也没顾上，一句话也没说，就直接把手向他伸了过去。

"不是，今天没有你的邮件。"邮递员微笑着说道，鼻尖的雨滴闪着光。是个年纪在二十二三岁的红脸青年。脸上的表情十分可爱：

"您是青木大藏先生，对吧？"

"嗯，是我。"这个青木大藏，是我原来的户籍名字。

"很像啊。"

"什么？"我心里有点慌张。

邮递员眯起眼睛笑了。被雨打湿的两个人，就这么在路上面对面站着，这会儿谁也没有说话。有点奇怪。

"那知道幸吉吗？"他以一种近乎讨厌的亲昵语调问道，口气还似乎带着些许嘲弄，"内藤幸吉啊，您知道吗？"

"是内藤幸吉吗？"

"对对，就是他。"邮递员好像已经认定我认识这个人，满脸自信地点着头。

我又想了想，说：

"不认识。"

"是吗？"这次，邮递员严肃地把头一歪，"您老家是津轻的吧？"

总不能这么一直站在这里被雨淋，于是我便溜到豆腐店的屋檐下躲雨。

"请来这边说话，雨越下越大了。"

"好。"他也大大咧咧走了过来，同我肩并肩在豆腐店的屋檐下躲雨，"是津轻的吧？"

"嗯。"我的语气十分不愉快，自己听了都吓一跳。但凡提到我的老家，哪怕只是只言片语，我也会感到万分的沮丧和痛苦。

"那就对了。"邮递员笑了，桃花般的脸上露出了酒窝，"那您就是幸吉的哥哥了。"

不知为何，我的心跳加快了，一阵厌恶感油然而生。

"您说的这话可真奇怪。"

"不，这回错不了了。"他一个人欢欣鼓舞起来，"真像啊。幸吉一定会很高兴吧。"

他像只燕子似的，轻巧地跳进了雨中的街道。

"那我先走了。"他跑了几步，又回过头来，"我现在就去告诉幸吉。"

豆腐店的屋檐下就剩我一个人了，好似做了一场梦，白日梦。就是这种感觉，一点儿也不真实。真是荒唐透顶。也没管那么多，又继续往澡堂走了。等到身体已经泡在浴缸里时，开始慢慢思量起来，便又觉得十分不愉快。不知怎的，就是让人不舒服。就好像我正舒舒服服睡着午觉呢，谁也没得罪，就突然飞来一只蜜蜂，在我脸上叮了一下。就是这种感觉，简直就是一场灾难。为了避开东京的诸多恐怖，我悄悄来到甲府，住址也没敢让任何人知道。就这么安安稳稳地，一点一点儿地推进自己那点儿微薄的工作。这段时间好不容易弄出了点儿眉目，心情稍微好一点儿了。现在又来了，真是无妄之灾。那些莫名其妙的家伙，一个接一个地出现在眼前，对我笑，同我搭讪。我被这些妖怪团团围住，别说招呼寒暄了，光是想想这些家伙在我面前走来走去，就让人十分难受。也不是因为工作或者其他的什么事情，只是这样不负责任地过来挠我一把，然后扔下一句"啊，对不起，认错人了"，就跑掉了。一定是这样。内藤幸吉。想来想去，我也不认识这么一个家伙。而且还说是我的什么兄弟，也真是一通蠢话。一定是认错人了，就是这样。下次再碰见，一定得跟他把事情说清楚了。可尽管如此，心中的这般不快，究竟因何而起呢？就是因为这通蠢话！开什么玩笑！一个全不相识的人竟开口对我说："哥呀，真的好久不见啊。"真是令人作呕，一股子温温热热，黏黏糊糊的作态，连喜剧都算不上，是愚蠢，廉价。

　　我感到自己受到了无法忍受的侮辱，心中憋屈不过，便从浴缸里爬了出来。站在更衣室的镜子前，看着镜子里自己的脸，竟然异常地凶恶。

我感到不安。我又回忆起过去的那些悲惨：今天这件意料之外的事情，岂不是要再次逆转我的生活，重新将我重重地摔入谷底？这突如其来的难题，真是个难题啊。我拿这个只是荒唐却一点儿也不可笑的难题完全没有办法。到头来，心情也变得阴郁惨淡。回到了旅馆，也只是毫无目的地撕着那些还没写完的稿纸。而这时，为这场灾难所滋养浇灌的劣根性也抬起头来。"如此不爽，还工作个屁。"好像给自己找理由一样，我一边咕哝，一边从壁橱里拿出一瓶一升装的甲州产白葡萄酒，倒进茶杯里，咕嘟咕嘟地喝了。喝醉后把被子拉上来盖了就睡了。同别人一样，这大概也是个愚蠢至极的家伙。

我被旅馆的女侍叫醒了。

"您好，有客人来了。"

"来了！"我猛地跳了起来，"请带他进来。"

灯还亮着。纸拉门是浅黄色的。大概六点吧。

我赶紧把被子塞进榻榻米的壁橱里，收拾了一下房间，披上和服外套，绑好扣子，然后在桌旁坐好，摆出一副正襟危坐的架势。异样的紧张。这般奇妙的经历，即使于我来说，此生也恐怕不会再有第二次。

客人只有一位，穿着一身久留米碎纹布的衣服。女侍带他进来之后，他一声不响地在我面前坐下，恭恭敬敬地给我鞠了长长的一躬。我当即慌张起来，手忙脚乱地，也没给他回礼。

"认错人了。实在对不住，可真的是认错人了。真是件荒唐事。"

"不。"他低声说，身体却依旧保持着鞠躬的姿势。抬起来的那张脸是一副端正面孔。眼睛太大了些，反倒给人一种虚弱和奇怪的感觉。可除此之外的额头、鼻子、嘴唇和下巴都好似雕刻一样棱角分明。跟我一点儿也不像。"阿鹤的孩子，您忘了吗？母亲曾给您当过奶妈。"

经他这么一番开门见山的说明，我才恍然大悟，简直激动得要跳起来。

"啊，对了，对了，对了。"我大声笑了起来，声音大得连我自己都觉着不像话，"啊，真的是，真的是，真的是你吗？"除此之外，也没有别的话说了。

"嗯。"幸吉也爽朗地笑了，露出洁白的牙齿，"一直都想着什么时候能跟您见上一面呢。"

好小伙子。真是个好小伙子。我一眼就看出来了。我高兴极了，是那种简直要高呼万岁的高兴，高兴得身体仿佛都不听使唤了。真是莫大的喜悦，所谓高兴得近乎于苦涩，就是这种喜悦。

我刚出生不久，就被托付给奶妈照顾了。具体的原因不太清楚，大约母亲的身体虚弱吧。奶妈的名字叫鹤，是津轻半岛一个渔村里来的。人还年轻，丈夫和孩子都相继死去，只有她一个人生活，被我家里瞧见了，就雇了来。这个奶妈，从始至终都坚定地支持我，还告诉我，一定要成为这世界上最伟大的人。阿鹤一门心思全都扑在我的教育上。我五六岁的时候，她十分担心我被别的女佣娇惯。便一本正经地坐下一点一点给我讲大人的道德：哪个女佣好，哪个女佣坏，为什么她好，为什么她坏。这些事情，直到现在我都未忘记。她念各种各样的书给我听，攥着我的手，片刻都不放。六岁的时候，阿鹤带我来到村里的小学。我记得很清楚，是三年级教室的后面，有一个空桌子。阿鹤就让我坐在那听课。阅读没什么问题，可到了算术课，我就哭了。什么都不懂，一点儿都不会。阿鹤也一定感到很抱歉吧。可那个时候，我就是想让阿鹤难堪，于是便大张旗鼓地哭了起来。那时，我把阿鹤当成妈妈。而第一次知道自己真正的母亲则是很久之后的事情了："啊？这个人才是妈妈？"一天晚上，阿鹤走了。我还记得那个时候，恍如梦境一般。嘴唇冰凉，睁开眼睛，看见阿鹤正在枕边，端端正正地坐着。灯光昏暗，阿鹤却仿佛浑身闪着光，打扮得洁白而美丽，好像一个陌生人一样，冷冷地坐在那里。

"起床吗？"她小声对我说。

我努力想要起床，可实在太困了，怎么爬也爬不起来。阿鹤就悄悄地站起来，从房间里出去了。第二天起床一看，才知道阿鹤已经不在家里了。"阿鹤不在了，阿鹤不在了。"我悲痛地大哭起来，一边哭一边在地上打滚。虽说是小孩子的心，可依旧是痛得肝肠寸断。要是那个时候听了阿鹤的话乖乖起床，结果又会如何呢？想到此处，即便是如今的我也依然感到难过和后悔。后来，我听说：阿鹤远嫁他乡了。

小学二三年级的时候，有一次盂兰盆节，阿鹤来我们家拜访了一次，好像完全变了一个人。她是带着一个肤色苍白的小男孩儿一起来的。她俩并排在厨房的炉子旁坐着，一副前来做客的模样。对我也是恭恭敬敬地鞠躬，实质上却冷淡疏远。祖母得意扬扬地跟阿鹤说起我在学校的成绩，我的脸上也不自觉地浮现出莫名的笑容。阿鹤却正视着我，说：

"在村子里虽然是第一，可也要知道，在别的地方还有很多很多更加能干的孩子。"

我听后心里一惊，没想到她会这么说。

从那之后，就再没见过她了。经年累月，关于阿鹤的那些记忆，也渐渐变得稀薄了。上了高中之后，有一次暑假回乡，从家里人那儿听到阿鹤去世的消息，心中也没觉得有什么特别，眼泪也没有掉。阿鹤的丈夫，原是甲州甲斐绢批发店的掌柜，妻子死后，也没有孩子，一个中年男人，就这么过着鳏居生活。因工作需要，他每年都要去我老家出一趟差。就在出差期间，有人帮衬他，于是他就把阿鹤娶回家了。直到那个时候，才第一次听家人说起这些事。而对于这些事情，家里人似乎也知道得不多。已经过了十年，阿鹤是死是活，于我已经无关紧要。我的实感，仅仅来自那个年轻的阿鹤，那个全心全意养育我的亲人阿鹤。其他的阿鹤，仿佛都和陌生人一样。当他们告诉我阿鹤去世的消息时，我心中也并没有起什么波澜，只是轻描淡写的一句："啊，是吗？"那之后又十年，阿鹤已经深藏在我那些遥远的记忆之中，很小，却散发着高贵的光芒，绝对不会消失。她的音容笑貌已经纯粹地固定在我的记忆之中了，因此，当现实生活中再次和她扯上关系时，反倒有些出乎意料。

"阿鹤在甲府待过吗？"我连这个都不知道。

"嗯，父亲在这里开过店。"

"啊，是在甲斐绢批发店工作——"阿鹤的丈夫是甲斐绢批发店的掌柜，这事儿我还记得，之前听家里人说过。

"嗯，之前是在谷村的一个叫丸三的店里工作，后来就自立门户，在甲府开了一家布匹衣料店。"

从他说话的语气来看，不像是在谈论一个还活着的人。

"身体还好吗？"

"已经去世了。"他直白地回答。一阵短短的沉默，之后，他笑了。

"这么说来，二老都已经……"

"对。"幸吉淡淡地说，"母亲去世的事，您知道吧。"

"知道，上高中的时候听说的。"

"那是十二年前了。我那时十三岁，正好小学毕业。后来又过了五年，就在我中学毕业之前，父亲精神出了问题，也去世了。母亲去世之后，他整个人就已经没什么精神了。后来，嗯，又开始赌钱。生意虽然大，可再做下去，也只是苟延残喘罢了。那时候，全国的衣料布匹生意都不好做。他尝遍了诸多艰辛，最终选了个要不得的死法，跳井了。不过对别人都说是心脏麻痹而去世的。"

没有胆怯和畏缩，但也没有那种想要刻意暴露家丑的迹象，态度也并非冷漠或者暴戾，只是天真地想要简单直白地把事情表述清楚。他的话让我感到十分清爽。但是毕竟触及了别人家的私事，我心里还是感到排斥和不安，于是便赶紧岔开话题：

"阿鹤去世的时候多大年纪？"

"母亲吗？母亲是三十六岁时去世的，是个称职的母亲，死之前还一直念着你的名字。"

话说到这里就断了。我沉默了，他也沉静下来，不说话了。我不知道该说些什么好，正如坐针毡之时，他问了我一句：

"忙不忙？要不出去走走？"

总算得救了，我松了一口气，道：

"好啊好啊，出去走走吧，一起吃个晚饭吧？"我赶紧站了起来，"雨好像也停了。"

两人一道从旅馆里出来了。

他一边笑一边说：

"今晚我已经有计划了，地方也想好了。"

"真的吗？"我心中的不安此时也已烟消云散。

"嗯，先不说了，就请跟着我走吧。"

"好，那就走吧，去哪儿都成。"我也下定了决心，好像为此耽误了工作也完全无所谓。

我一边走着，一边对他说："真好啊，能见到你。"

"嗯，你的名字，母亲以前从早念到晚的。我每天都听着，虽然这么说有点儿失礼，但感觉好像真的有了你这么一个哥哥。心里也总有一种奇妙的乐观想法：有一天一定会见到你。挺奇怪的吧？我其实一点儿也不着急。因为心里始终相信，只要我身体还硬朗，总有一天会与你相见。"

突然，我意识到自己的眼睛已经发热了。在这等不显眼的地方居然也有人在等着我。活着，真好啊。我心里想。

"大概是我十岁的时候吧，你才三四岁，我们不是见过一次吗？阿鹤在盂兰盆节的时候，带着一个肤色苍白的小男孩儿过来。那个小男孩儿很有礼貌，人也很成熟稳重。我对他还稍稍有点儿嫉妒呢。就是你吧？"

"可能是我吧，不太记得了。长大之后，听母亲说过，模模糊糊好像又想起来一点儿。不管怎么说，也是一段长长的旅程啊。你家门前，有一条很美丽的河流过呢。"

"那可不是河，是条水沟。庭院里的水池满了之后，就流到那沟里去了。"

"是吗？还有那棵大大的海棠树，也在你家门前，开了好多大红花。"

"海棠树没有，合欢树倒是有一棵，而且也没有那么大。你那时候还小，所以看那水沟啊，树木啊，都是大大的。"

"大概是这样吧。"幸吉直爽地点点头笑了，"其他的就一点儿也不记得了，要是能记得你的脸就好了。"

"三四岁时候的事情，不记得也正常。不过，这个初次相见的大哥，居然在那种廉价旅馆里无所事事。怎么样，是不是一下子就觉得我风采全无，寂寞潦倒了？"

"不。"他斩钉截铁地说，好像哪里不舒服似的。确实是寂寞潦倒啊。要是知道世上还有这个人，这会儿好歹也要混成个中学老师什么的吧，我心里暗自懊悔。

"之前的那个邮递员，是你的朋友吧？"我转移话题。

"对。"幸吉的脸又突然拨云见日了，"是我很要好的朋友，萩野君，是个好人。这次可多亏了他啊。之前我曾经和他说过你的事，他也就因此知道了你的名字。后来去你的住处给你送了好几次信，才恍然发觉我说的那个人原来就是你。五六天前，他来我家跟我说了这件事，可算是件轰动的大事。我心里扑扑直跳，赶紧问他你是个怎样的人。他说他只是给你家投递了邮件，并没见着正脸。于是我又叫他先暗自确认你的长相。不然认错了人，那可就丢人了。为了这件事，我和妹妹一道，好一顿折腾呢。"

"你还有个妹妹？"我更加高兴了。

"嗯，和我差四岁，二十一岁了。"

"这么一来，"说到这里，我脸颊突然发烫起来，赶忙慌慌张张地岔开话题，"你就是二十五岁，和我差六岁。嗯，你在哪儿高就啊？"

"就在那个百货商店工作。"

抬头一看，是一座五层楼高的大丸百货商店，窗子里华丽的灯光十分晃眼。这一片已经是樱町，是甲府最热闹的大道，当地人称之为"甲府银座"。好像是把东京的道玄坂给收拾干净了一样，大路两旁的行人络绎不绝，神色从容悠然，看上去倒也洋气时髦。露天的花市里，已经有杜鹃花卖了。

沿着百货商店右转，就是柳町。这里就冷清得多了，然而街道两侧的店铺却都是老得发黑的老字号，可算得上是甲府最有尊严的一条街了。

"百货商店的工作很忙吧？看上去生意很不错啊！"

"生意确实不错，都快忙死了。就这几天，光是因为进货早了些，每天就能赚个小三万呢。"

"干了很长时间吗？"

"中学一毕业就在那儿工作了。因为家里人都不在了，所以大家都很同情我。父亲的熟人也照顾帮衬我，因此才得以进了那家百货商店的衣料部。都是些好心人啊！对了，妹妹也在那儿工作，就在一楼。"

"真了不起啊！"虽是这么说，话里却没有恭维奉承的意思。

"也只是由着自己的性子胡来，要不得的。"他忽然又换了一副大人语调，好像心里在担心什么一样，让我感到十分好笑。

"哪里，你是真的了不起，请不要再讲这种丧气话。"

"也只是在做些力所能及的事罢了。"他稍稍耸了耸肩，之后便停下了脚步，"就是这里。"

是一座正门宽约十间①的古风饭馆。

"这地方太好了，应该很贵吧？"我的钱包里只有一张五元纸币和一些二三元的零钱。

"走吧，没关系的。"幸吉倒是兴致勃勃。

---

① 日本旧式长度单位，一间约 1.818 米。——译者注

039

"这家一定很贵吧。"我一点儿也不想去。只见大大的红色牌匾上，刻着"望富阁"的字样。气象森然，价钱一定不便宜，我心里想。

"我也是第一次来。"幸吉小声对我坦白，似乎也有点儿露怯了。可他想了想之后，又重振旗鼓，"走吧，没事的。就这儿了。走，进去吧。"

其中似乎有什么特殊的缘由。

"还是算了吧。"我不想让幸吉破费太多。

"一开始就计划好了。"他的语气十分干脆，之后又笑了，好像察觉到了自己溢于言表的兴奋而有些害羞，"之前说好了的呀，今晚咱们好好聊聊，不论去哪儿。"

经他这么一说，我也下定了决心。

"那好，咱们进去吧。"我决心满满地说。

进了饭馆之后，幸吉的表现却不像个第一次来的人。

"二楼前厅的八铺席间就行。"他对前来接待的女侍说。

"哎呀，楼梯也拓宽了啊。"他东张西望着，好像很怀念的样子。

"什么啊，你根本就不是第一次来啊。"我低声说。

"不，我确实是第一次来。"他回答我，接着又不停地问女侍，"八铺席间太黑了，十铺席间的还有吗？"

女侍引我们到了二楼前厅的十铺席间。真是个好房间，楣窗①、墙壁和拉门，全都古老而庄严，可不是什么便宜货。

"这地方可买不起啊。"幸吉和我一起坐进了桌子里。他抬头看了看天井，又回头看了看楣窗，一副坐立不安的样子，又低声自语道，"哎呀，床间②有点儿不一样了。"

之后他直直地盯着我的脸，微笑着说道：

"这里啊，其实是我以前的家，心里总想着什么时候能回来看一看。"

听他一说，我也立即兴奋起来，说：

"啊，原来如此！怪不得看着不像饭店，反倒像是住家的构造。啊，原来是这样！"说罢，我也开始重新审视这座房子。

"这个房间，以前堆满了店里的货。我们就把那些和服料子堆成山峰和峡谷，攀爬着玩。这里的采光很好，对不对？所以，母亲常常会坐在这里做些针线活儿，刚好是坐在你现在坐着的那地方。虽是十年前的事情了，但到了这房间里一看，以前的那些情景果然又都历历在目了。"他悄悄地站了起来，面朝着外面的大街，小心翼翼地拉开明亮的纸拉门，说：

"啊，对面还是老样子，那是久留岛家，旁边是卖丝线的商店，再旁边是卖计量工具的商店。一点儿都没变。啊，还能

---

① 日式建筑中安装于天花板与门楣之间的格窗或透花雕刻板。兼有采光、通风和装饰等功能。——译者注
② 凹间，日式房间中特有的空间。一般设于房间正面上座背后，比地面高出一阶，可挂条幅，放置摆设与装饰花卉等。——译者注

看见富士山。"

他转过头来对着我说：

"径直看过去就能看见。你来看看，真是和以前一模一样。"

我从之前开始就已经不耐烦了。

"喂，咱们回去吧。这儿可不行啊，在这儿也没法喝酒。你说的这些我也都知道了，咱们走吧。"说着说着，甚至连心情也变得十分糟糕了，"真是个烂计划。"

"不，我不是在感伤。"他合上纸拉门，来到桌旁端端正正地坐下，继续说，"反正现在已经是别人的地方了。但终归是久别重返，我真的很兴奋。"他没有说谎，脸上露出打心底里高兴的笑容。

他那全然不拘小节的态度，也让我着实钦佩。

"喝酒吗？我倒是能喝点啤酒。"

"日本酒不能喝吗？"我心里也打定了主意，就在这里喝点儿东西吧。

"不喜欢，因为父亲喝了耍酒疯。"说完，他笑了，笑得十分可爱。

"我倒是不会耍酒疯，只是非常喜欢罢了。那这样吧，我喝日本酒，你就来点儿啤酒吧。"我在心里也默默地批准了自己的请求：今夜就喝个通宵吧。

幸吉正要拍手招呼女侍。

"你可真是，还招手呢，那儿不是有按铃吗？"

"对啊，以前的时候家里没这个东西。"

我俩都笑了。

那天晚上，我喝得酩酊大醉，而且是意料之外的烂醉。我一向不喜欢童谣，可那晚喝醉之后竟史无前例地唱起童谣来了。那天晚上，也不知到底怎么回事，我竟突然胡言乱语地哼了起来："带了什么回家来呀，带了拨浪鼓……①"唱着唱着，幸吉也低声跟着我和了起来。真是绝望啊，好像这世上所有的感伤都扑通一下落在一个人的肩膀上，真是叫人难以承受。

"这样也挺好，对不对？同乳兄弟，挺好的啊。血缘关系这种东西，有时候是过于浓烈、过于黏稠了。虽然也有些不顺意的地方，但我们还是同乳兄弟，是被同一个人的乳汁喂养大的。这么畅快，真好。能像今天这样，真好啊。"我嘴上这么说，实际上却像是在想法子逃避眼前的苦闷。不管怎样，这也是乳母阿鹤每天认认真真做针线活儿时坐着的地方。而如今我就大摇大摆地坐在这里，大口大口地灌酒。真想要开开心心地

① 江户摇篮曲，全文如下：
　ねんねんころりよ　おころりよ
　ぼうやはよい子だ　ねんねしな
　ぼうやのお守りは　どこへ行った
　あの山こえて　里へ行った
　里のみやげに　何もろうた
　でんでん太鼓に　笙の笛
　　　　　　　　——译者注

043

喝醉，那是绝无可能的。恍惚之间，仿佛看见阿鹤就端坐在一旁，弓着背缝补衣物。我顿时便安定下来，也不再同幸吉说下去了，只是自顾自地咕嘟咕嘟喝酒。喝着喝着，我又开始有意找他的碴儿。这是我头一回欺负弱者。

"喂，之前我也说了，你碰见我的时候，一定很失望对不对？得了得了，我早就知道了。我可不想听什么辩解。我要是个大学老师，你一定早就去打听我在东京的住址了，是不是？然后你肯定就和你妹妹两个人找到我家来了。别解释了，我不想听。而我呢，到现在连个家都没有，还是个没志气的作家，没有一点儿名气。除了青木大藏之外，我还有一个古怪的名字，只在写小说的时候用。可我不说，就是说了你们这些人也不知道。是个很古怪的名字，你们估计连听都没听过，说出来也只是丢人而已。可是我告诉你，你可别小看人啊。这个世界也需要我们这种人的，千真万确，绝对需要。我们可是非常重要的一颗齿轮，没了我们可不行。我是打心底这么想的，所以再苦再累，我也要像这样拼了命地活下去。怎么能去死呢？要自爱，人可不能忘了这个。我撑到现在，凭的就是这股劲儿。我告诉你，我一定会成为一个了不起的人。你说什么？像这样的地方，我买它一两间都不是问题，你就等着我买回来给你看吧。嗯，我说，别灰心，别丧气。自爱，只要别忘了自爱那就都不是事儿。"说着说着，我开始变本加厉，越发纠缠不休了，"可不能这么垂头丧气的，啊？当年你爸你妈，两个人齐心协力经营这个家，可后来时运不济，把这个家给丢了。我要是你爸你妈，我就不觉得有多难过。两个孩子，都体体面面地长大成人，谁也不会在我们背后说三道四。每天快快乐乐舒舒服服地过日子，这难道不值得高兴吗？这就是伟大的胜利。Victoria！什么呀？这样的地方，以后还不是随便买，就买他个一间两间嘛。别再恋恋不舍啦。都扔了吧，都忘了吧，都是过去的森林啦。自爱，像我一样。哎呀，哭个什么劲儿啊？"

哭的人，其实是我。

之后就乱作一团了。说了些什么做了些什么，大都不记得了。只记得有两件事。

一件是去厕所的时候，是幸吉带我去的。

"你还真是熟啊，哪儿都知道。"

"母亲一向都把洗手间打扫得最干净的。"幸吉一边笑一边回答。

还有一件事：我喝醉了之后，直接就一骨碌躺倒了。只听到枕头边上有人说话：

"长得真像萩野先生啊。"听起来是个少女，想必是他的妹妹来了吧。于是，我一边睡着，一边咕哝道：

"对啊，没错。幸吉是外人，和我可没有血缘关系。我们

046

只是喝同一个人的奶长大的。都胡说些什么，一点儿也不像。"说着，我还故意夸张地翻了个身，"要是像我这样喝酒可就完蛋了。"

"这是说的哪里话。"耳边是少女那天真却又严肃的话音，"我们真的很高兴。你也要振作下去呀。喂，以后不要再喝那么多了。"

那语调，听起来十分要强，和阿鹤说话的口气一模一样。我把眼睛睁开一条缝，偷偷地窥视枕旁的少女。她端端正正地坐在那儿，盯着我的脸。有那么一瞬间，我和她视线交叠。她微微地笑了，仿佛梦境一样美好，音容笑貌，酷似那天夜里出嫁的阿鹤。那些狂暴而糜烂的醉意，至此清风拂过一般，全都凉飕飕地融化了。我的心安定下来，之后好像就沉沉地睡去了。真是喝得太多了。只有这两件事：去洗手间时和幸吉说话的时候，还有那少女脸上的微笑，在事后依然记得清清楚楚，历历在目。而其他的事情就完完全全不记得了。

正睡着的时候，我被带上了一辆汽车。幸吉兄妹好像是一左一右，坐在我的两边。行车路上，我听见几声奇怪的鸟鸣："嘎嘎，嘎嘎……"

"那是什么？"

"是鹭鸟。"

这段对话，我模模糊糊，似乎也还记得。我原来是住在山谷之间的城市里啊。尽管喝得烂醉，心里却还是生起一股旅愁。

他俩把我送回我的房间，被子大概也是他俩给我铺好盖好的。我就像条被扔掉的鳕鱼一样，蹒蹒跚跚地，一直睡到第二天中午。

"邮递员来了，在门口呢。"听旅馆的女侍这么喊了一嗓子，我才勉强爬起来。

"挂号信吗？"我整个人还没完全睡醒。

"不是，"女侍笑着说，"说是想让您出去看看。"

终于想起来了。昨天的事情，全都一点一点想起来了。可现在再回想昨天发生的那些事情，从头至尾都仿佛一场梦。好像那些事情是无论如何都不会在这个世界上发生似的。我用手抹了抹脸上的油垢就跑到门口去了。还是昨天的那个邮递员，脸上的表情还是那么可爱，他笑眯眯地问我：

"您还在休息吧？听说昨晚喝了不少啊。没什么大碍吧？"他说话的语气十分亲昵，一副同我很熟的样子。

"嗯，没什么。"我哑着嗓子回答，一副不太高兴的样子。我毕竟还是有点儿害羞。

"这个，是幸吉兄妹给您的。"他拿出一束百合花。

"这是什么意思？"我迷迷糊糊地望着那三四朵白色的花，打了一个大大的哈欠。

"您昨晚不是说嘛，您不需要什么帮助，只要能有一朵装饰房间的花，就很足够了。"

"是吗？我原来说过这样的话。"我姑且收下了那束花，继续说道，"那真是谢谢了，还请你向幸吉和他的妹妹代为转告我的谢意。昨晚真是太失礼了，我从来没有喝成过那个样子。还请他们俩不要见怪，以后还要常来我这里坐坐。"

"但是，您都已经说过了呀。要是工作碍事的话，就请过来坐坐，等到工作忙完了，就一起去御岳山玩。您昨天就是这么说的呀。"

"真的吗？看来我真是说了不少蠢话。那就麻烦你帮我跟他们说，工作方面不是什么大问题，总能想办法安排的。到时候不管是去御岳山还是去别的什么地方，都一定要一块儿去。嗯，你就和他们说，我什么时候都可以，越早越好。就这两三天内怎样？怎样都好，只要你们时间方便就行。我真的是随时都可以的。"我认真地说。

"我明白了，我会也同你们一起去的。那今后还请您多多关照啦。"他这一番客套话说得既慌张又别扭。我又看了看他，他的脸已经涨得通红了。

我心下稍微一寻思，便立即明白了其中缘故。这个邮递员，恐怕正在小心谨慎地同那位少女交往吧，进展得应该也挺顺利。想到这里，我心中原先那股孤寂而犹疑的情绪，也立时拨云见日。嗯，这样真好，这样就好。

我吩咐女侍去找一个适合百合花的花瓶，之后就回到了房间。坐在桌前，我心里想着，今后必须要好好工作。这么好的弟弟和妹妹，承蒙他们这样支持我鼓励我，全身不免感到一阵清爽。就是为了他们俩，我心里终于多多少少地开始渴望成为一个了不起的人了。正寻思着，眼角的余光又扫到一旁的衣服，那是我昨晚穿过的，如今已经整整齐齐地叠好，放在枕头边上。一定是我那新认识的小妹，昨晚帮我脱下衣服后，叠好放在那里的。

　　在那之后的第二天，发生了一场火灾。那时我还在工作，所以还醒着。半夜里已过两点，突然响起了尖锐刺耳的火警钟。我听那钟敲得十分激烈，便站了起来，打开玻璃窗向外望。火光冲天，离我住的旅馆有好一段距离。那天晚上没有一丝风，火焰径直蹿上了天际。那熊熊燃烧的声音，在我这里都能听得清清楚楚，壮观得简直叫人发抖。是个月夜，隐隐约约能看见富士山。也不知是不是错觉，好像富士山都被这火焰给映成了淡淡的红色。四周的山影，也好像出汗一样，泛着红光。甲府的大火，是沼泽底部的大火。朦朦胧胧地眺望过去，似乎是柳町，于是便想起了那天晚上的望富阁。再定睛一看，确实就是那一片地方。我赶紧在棉袍上披上外套，把毛线围巾一圈圈地套在脖子上便飞奔了出去。一口气跑了十五六个丁目①，一直跑到甲府车站，跑得都快要扑倒在地了。我倚着身旁的电线杆，一边呼哧呼哧地喘气，一边休息。果然，从我跟前跑过的路人们，嘴里都叫着柳町啊，望富阁啊。此时的我反倒镇定下来了。我放慢了步伐，慢悠悠地走着。走到县厅前面时，我听到人们小声说着："去城墙上吧，去城墙上看看。"我心里想了想，确实没错，到了城墙上，那火肯定能看得清清楚楚，一伸手就能摸着。于是，我便跟在人群的后边走。攀爬城墙的时候，舞鹤城的石阶仿佛都在咕咚咕咚地震动。好不容易爬上城墙，来到了石垣上的广场。径直向下一看，大火正熊熊燃烧，发出一阵阵轰隆隆的凄惨声音。仿佛我所俯视的是一座正在喷发的火山口。也不知道是不是错觉，我甚至觉得自己的眉毛都要烧起来了。突然，我全身哆哆嗦嗦地发起抖来。一看到大火，也不知是什么缘故，我全身就会哆哆嗦嗦地发抖。这是我自小就有的一个怪癖。所谓的牙齿打战，浑身发颤，于我来说可不是夸张，而是实实在在的感觉。

这时，有人猛拍了一下我的肩膀。我回头一看，是幸吉兄妹，他们正面带微笑站在我的身后。

"啊，烧、烧、烧起来了啊。"我舌头打卷，连话都说不清楚了。

---

① 日本町区以下的区划单位，相当于胡同和弄堂。——译者注

"嗯，燃烧的家。那个时候，爸爸和妈妈，都很幸福。"幸吉兄妹俩并肩站着，火光映照在他们的身上，竟有一种凛然之美。"啊，就连二层里间好像也烧起来了，烧得一干二净啊。"幸吉自言自语，脸上却带着微笑。是的，确实是单纯的"微笑"。我痛切地感到羞耻，为这十年来时时为感伤所灼烧的自己那内心深处的愚蠢而感到羞耻。对于我那迄今为止，丧失理智的盲目激情，我只感到丑陋恶心。

耳边时不时传来野兽的咆哮声。

"那是什么？"我之前就察觉到了这声音，心中感到十分困惑。

"就在那后面，是公园的动物园。"妹妹告诉我，"要是狮子跑出来，可就麻烦啦。"说完，她无忧无虑地笑了。

你们是幸福的，是大大的胜利。所以要更加地，更加地幸福下去。我紧紧地把双手环抱在胸前，一边哆哆嗦嗦地发抖，一边暗暗地鼓起了勇气。

人の噂

花
烛

点亮蜡烛，夜以继日。

一

新婚之夜，新郎和新娘正在房间里畅谈着未来。突然，房间的隔扇外传来一阵沙沙声。新郎和新娘吓了一跳，战战兢兢地爬了出来，悄悄地打开隔扇一看，新婚贺礼中的那只身上装饰着仙山盆景的伊势大龙虾居然还活着，正悠悠地摆动着它那巨大的胡须。看清了那奇怪声响的本体之后，夫妻俩相视一笑。怀着这般美好的记忆，他们一定能和和美美、长长久久地生活下去。将来也一定能创造出一个美好的家庭吧。

我衷心希望，我将要讲述的故事里的这对男女，也能享有一个像这般相视一笑的新婚之夜。

东京市郊，有一个叫男爵的男子，看上去有三十二三岁，也可能要更加年轻一点。他从帝国大学经济系中途退学之后，就什么也不干了，凭着每月从乡下家里寄来的优渥生活费，租了一个大房子。这房子呀，对独居的人来说，是略显大了一点儿。三个房间，分别是四铺席、六铺席和八铺席。房子里每天晚上都要弄出很大动静。

闹腾得最凶的，倒不是男爵本人，而大多是他的客人。他有很多客人，着实很多。和男爵一样，他们也是那种除了思考之外什么都不干的人。他们都很穷，毫无例外。从某种意义上说，这是社会给所有的背德者们贴上的一个标签。甚至也有一些真正路过的人，觉着里面颇有点意思，就也顺着进来了，说一句多有叨扰，便和其他素不相识的人一起，大摇大摆地进了房间。在这种时候，那个一边若无其事地把坐垫递给客人，一边说着请坐、请坐的家伙，并不是男爵。那个一边给人倒茶，一边说着您终于大驾光临了的家伙，也不是男爵。那个形容枯槁，嘴里突然冒出一句"你们的眼睛啊，是说谎者的眼睛"，把新来的客人们吓一大跳的瘦子，依然不是男爵。那男爵到底在哪儿呢？那个在八铺席客厅的角落里蜷着身子坐着，毕恭毕敬地听着大家说话，整个人好像透明似的男子，才是男爵。他十分不显眼，五短身材，而且还很瘦。仔细看他的脸吧，倒也没什么特别，脸色略黑，脸上有些油光，下巴上稍稍长了点胡子。不是圆脸，可也不是长脸，具体是什么形状很难说。他的头发有点儿长，倒也没有长到蓬头乱发的地步，但也看不出用润发膏好好打理过的迹象。此外，他还戴着一个非常普通的金属框眼镜。他的样子，很难给人留下印象，因此来客们通常热衷于与别的客人互相聊天，对于男爵的存在，则完全抛诸脑后。等到他们聊完笑完觉得有点累了的时候，才会在不经意间注意到角落里坐着的男爵。"啊，你还在这儿啊。"他们一边打着大大的哈欠，一边对他说：

"没有烟抽了啊。"

"啊，"男爵微笑着站起来，"刚才我就想抽烟了。"他其实在说谎，因为他根本不抽烟。"那我去买吧。"说完，他就轻快地出去了。

其实，男爵只不过是他的绰号，他本人不过是北方一个地主家的公子哥儿。学生时代，他也做过两三件轰轰烈烈的大事。恋爱，酗酒，还卷入过某项政治运动，甚至还进过大牢。他曾三度计划自杀，却没有一次成功。那些在家人众多的大家族里长大的孩子，常常会有这样一种特质：他们总觉得自己是多余的人，进而一味自轻自贱，恨不得赶紧找个地方扔掉自己毫无价值的生命。男爵的身上也有这样的特质，一眼就能看出来。怎样都好，只希望能早一点儿献祭自己，早一点儿告别这个世界。如果可能的话，再给别的两三个人带来点儿什么好处。心灵的丑恶，身体的贫乏。生于地主之家的他，亦对自己那诸般不劳而获的权利而感到畏惧。以上的种种忧虑，不断踢打、作践着他的自我。而他的自我便因此发生了奇妙而完全的扭曲。"这如泡沫一般饱受嫌恶的生命，要是还能派上什么用场，就请尽管拿去用吧。"几近卑劣，然而这却成了他赖以苟活的唯一信条。他就是依循着这一信条来为人处世的。他的所作所为，从表面上看，多多少少可以算得上光辉灿烂。弱者的伙伴，穷人的朋友。实际上，这种自暴自弃的行为，却与殉教者的所作所为十分相似。虽说时间不长，他倒也算是遍尝一个殉教者所能遭受的全部艰辛。风里去，雨里来。唯有艰辛可堪信赖。可是他所做的一切，终究还是出自绝望。心中的念想也始终没有动摇：他是个行将灭亡之人，唯愿早日死去。他四处奔走徘徊，其实只是想给自己找个寻死的地方。连自己都疲于应付，又何谈帮助别人。他彻彻底底地失败了，哪能就这么顺利地以献身之名光荣赴死呢？也就是说，人生之严峻，容不得一个男人任性狂言，也就是自私。毕竟人无法像焰火一样。不论事实，且说"转向"一词，其中大概是包含着救赎与光明之意的。可在他这里，甚至就连转向这一词都容不下。残废。潦倒。迎来的并非光荣的十字架，而是灰色的抹杀。那样子真是尴尬，好像一个无所适从的演员，相也亮过了，戏也演完了，帷幕却不知要等到什么时候才落下来。他毫无办法，只得在舞台上把身子一横，装死。做出这等滑稽之事，也是迫不得已。这大概也是身为废人的他所唯一能做的事情了吧？虽然坠入了这样的状态，但是他的心中似乎还有什么"目的"割舍不下。仿佛他就这样一骨碌躺了下来，对其他人说："要是我身上还有什么有用的东西，那就请随意拿去用吧。身上总还是有些有用的东西的。"他是地主家的公子哥儿，每个月的生计都不用发愁，因了某些原因落到这副田地，被世人指着脊梁骨，当作废人和背德者。而那些比他更穷的人，就好像水往低处流一样，都一股股地黏在他身边了。于是，他们给他取了个略带轻蔑的昵称——男爵。而男爵的家，也就成了这些人唯一的慰安之所。男爵就这样孤寂地削着土豆，了无生趣地在厨房里给这些客人做饭。

他就是这么一个人。客人里有一个在电影制片厂工作的家伙，不管见了谁都要得意扬扬地吹嘘一番自己的工作，其他的客人往往都是冷哼一声，并不十分待见他。而男爵可怜他，就说自己想要了解一下拍电影的过程，请他务必带自己去见识见识。其实，男爵却是个没什么爱好的人（弓箭初段，也不知道算不算得上爱好），就连石头剪刀布怎么玩都弄不清楚，还以为剪刀能砸烂石头呢。他就是这么个人，对于电影就更是一窍不通了。每天从早到晚，他都忙于接待客人——其中还不乏一些留宿的客人，根本就没时间出门。而没有客人来的时候，他不仅要在家搞卫生，还要跟米店和卖酒的算账，一点儿空闲都没有。多方面的支出已经让他的生活难以为继，可对于客人们，他却一味隐瞒自己的窘境，只是想方设法地招待他们。之所以无趣，恐怕并非时间或者性格的原因，也有可能是经济状况已经捉襟见肘。

那天，男爵坐了大概两小时的电车，才到达那个电影制片厂所在的镇子。虽说是偏僻的乡下地方，他却丝毫不敢怠慢。就好像在那些金雀花丛的树荫下，随时都会冲出来一个全副武装的哥萨克骑兵。他虽一把年纪，内心却仍然像个小孩儿。表面上好像穿了一副小樱花纹的盔甲，走起路来也一副自信满满的模样。可猛一回头，瞥见春日之下自己那落在大路上的贫弱影子，却也只能苦笑。从车站出发，走了一百多米的田间小路，就到了电影制片厂的正门。白色的混凝土门柱上，爬山虎已经冒出了新芽，看上去还挺有文化。紧对着正门的，是一个茅草屋顶、居酒屋模样的小店。这就是同那位客人约好的牛奶店①。他当时说了，就让男爵在这里等他。为了拽开那家小吃店的玻璃门，男爵可废了九牛二虎之力。他先是使劲儿推，弄得嘎啦嘎啦响，却没能打开门。而后又铆足了力气，好像神话里众神要打开天岩户②一样，用力拽那门。玻璃门嘎啦嘎啦地

---

① 明治四十年后出现于日本的一种牛奶小吃店。主要供应西式小吃，如面包、牛奶和点心等。——译者注

② 天岩户在《古事记》里也被称为天岩屋户，是《日本书纪》所记载的日本神话中的一处地方。传说素盏鸣尊前往众神居住的高天原后，四处惹是生非，令他的姊姊天照大神愤怒之极，决定把自己关进天岩户里，于是整个世界日月无光。高天原的众神为了解决这问题，在天岩户外载歌载舞，并献上八咫镜及八尺琼勾玉，天钿女命则露出胸部和阴部跳舞。天照大神对外面发生的喧哗感到好奇，便悄悄将天岩户开了一条缝偷看，天手力雄神便借机将天照大神从洞里拖出来，世界遂重新恢复光明。——译者注

发出很大声响，然后猛地一下滑出了一间多的距离。男爵因为用力过猛，狼狈地向后栽倒在地。他好不容易才从地上爬起来站稳，又忙不迭地偷偷溜进了店里。店里积了很多灰尘。那六七把椅子和三张桌子上都积了厚厚的一层白色的灰，他在店门口旁的角落里找了把椅子，毫不犹豫地坐下了。不管什么场合，角落总能让男爵感到安心和踏实。在那里等了好一会儿，也没见一个客人进来。刚开始的时候，男爵还颇为紧张，心想着一会儿说不定哪个演员就会进到店里来。结果这家店却十分冷清，冷清得竟让男爵也有点儿手足无措。方才的过度紧张现下变成了疲惫，他整个人也因此变得昏昏沉沉。喝了三杯牛奶，约好的下午两点早就过了。时间已经快四点了，外面的夕阳正为小吃店的玻璃门染上一层淡淡的红色。而这时，那玻璃门又嘎啦嘎啦地发出了一阵恐怖的声响。一个男人像颗子弹一样飞了进来。

"啊，我迟到了，真不好意思。有烟没有啊？"

男爵笑眯眯地站了起来，从口袋里掏出两支烟，道：

"我也是刚刚才到呢。来晚了，不好意思。"这个道歉真是莫名其妙。

"啊，没关系。"那男人轻描淡写地说，"我啊，从今天开始要在生田组做摄影了，所以忙得团团转。"他一边说一边手舞足蹈，好像真的要团团转了起来。

男爵一本正经地盯着他那副手舞足蹈团团转的模样，心中升起一丝感动。

"真是干劲十足啊。"他嘴里不经意地冒出了这么一句话，等自己意识到之后，立刻惶恐了起来。心下思量着自己这番世俗的评语，会不会伤及对方作为艺术家的尊严？"那个，艺术的创作冲动和……"说了一半，他赶忙停了下来，把剩下的话在心里又排列组合一遍，等到整理停当之后，再在口中暗自复诵一遍之后，才说出口来。"能将艺术的创作冲动，和日常的生活热情完全地同步一致，是非常难得的。而你却完美地做到了，真是美妙，真是让我羡慕得不得了啊。"男爵说完之后，悄悄拿手绢擦了擦脖子后面的汗。这一番马屁，拍得真是够可以的。

"非也非也。"那男人说完，竟嘻嘻嘻嘻地笑了起来，"想不想看看我们的制片厂？"

此时，男爵已然了无兴致。

可他还是拼了老命一般地请求道："请一定要带我参观参观！"

"All right！"那男人大叫一声，声音大得简直愚蠢，话音未落，又大喊了一声，"Come on！"紧接着他就从小吃店里飞奔了出去。男爵毫无办法，只得步履蹒跚地跟着他出去了。

这家伙其实只是摄影导演的助手，平时拿水桶提提水，给导演挪挪椅子，做的都是这类体力活儿。可即便如此，他依旧得意扬扬，恨不得把自己这副干活儿的模样让男爵看上好几个小时。男爵自然也察觉了他的心态，只得像个傻子一样站得笔直，呆呆地观看这场了无生趣的摄制。眼下，正在拍摄一场无聊的戏：一个长着胡子的漂亮男人肚子饿了，吃了六大碗饭。看上去应该是一个让人大笑的喜剧场景，但在男爵眼里一点儿也不好笑。男人吃饭，一旁服侍的女子则做惊讶状。就这样一个简单的场面，竟反复拍摄了二十多回，真的一点儿也不好笑。别说是哈哈大笑了，此时的男爵心中反而生起了一股厌恶之感。日本的喜剧里，好像约定俗成一样，总有如下这些场景：大吃特吃啊，一口气吃下十个馒头直吃到人翻白眼；要不就是一张纸币被风吹上了天，两个人慌慌张张地为了抢夺这张纸币跟在后面到处跑。观众们都大笑不止，男爵却觉得一点儿也不好笑。从这些场景里，他仅能觉出几分凄惨。特别是那个长胡子的男人吃东西的场景，他觉得十分过分，脑中竟因此浮现出"侮辱人类"这样一个词来。而这时，导演一拍脑瓜，冒出了一个主意：在那个男人的胡子上，粘上一些饭粒儿。这主意当即就成了个好点子。扮演胡子男人的那个漂亮演员，站在学徒们端来的镜子前，试着把饭粒儿紧紧粘在胡子上。此时饭粒儿已经冷了，不黏了，怎么粘也粘不上。大家正为此发愁，就在这时，干劲儿十足的那位导演助手赶忙上前一步，说道：

"就这么办，先把一粒米给碾成糊糊，然后把这糊糊涂在另一粒米上，就粘得住了。"

这般蠢事，让男爵感到十分疲惫。他眼睛热了起来，不知什么原因，这一刻竟十分想哭，想哇地大叫一声。可碍于礼节，他又不好起身离去，只能摆出一脸钦佩的表情，严肃地点了点头，道："原来还能这么办。"说完之后，又只能硬着头皮继续看下去。

这番拍摄总算是告一段落，男爵也仿佛重获新生。从闷热的摄影棚里连滚带爬地跑出来后，他长长地出了一口气。天已经完全黑了下来，星星闪着微弱的光。

"小新！"他听见身后传来小声的呼唤，回头一看，是之前服侍那位胡须男子吃饭的姑娘。在拍摄时，她故作吃惊地喊了不下二十次"啊"。她身材矮小，微笑着的脸蛋在漆黑中发着黄色的光。"小新，真是一点儿都没变啊，我一眼就认出你来了。可当时正在拍摄，所以不能和你打招呼，给你道歉了！"她一气儿说了这好些话，腔调突然一转，变得十分正式，"真是好久不见，您家里人都还好吗？"

男爵总算想起来了。

"啊，阿富，是阿富啊。"男爵有点儿惊慌失措，说话时连家乡口音都带出来了。十年之前，阿富是男爵家中的女仆。那时，男爵刚刚上高中，暑假回乡的时候，家里派了这个头发卷曲、身材瘦小、做事认真的年轻女仆供他使唤。她对男爵悉心照料，无微不至。男爵反倒讨厌她，嫌她啰唆，还常常故意刁难她。有一次甚至还让她去捉爱犬身上的跳蚤，捉到一只不剩为止。她大概在男爵家待了两年，然后突然就走了。男爵也只是在心里念叨了一句走了啊，之后也就没再留意了。就是这个阿富。这时，男爵忽然冷战似的感到一丝不快。虽没有到汗毛倒竖的地步，可浑身仍感到一股异样的酥麻。这确乎是恐惧之感。人生那冷酷的捉弄，奇迹的可能，还有那严峻的报复，都仿佛深山中的精气，渗进他的肌肤。他变得语无伦次起来，就连声音也嘶哑了：

"来了啊。"

他嘴里嘟囔出这么一句毫无意义的话。那些时时为访客所苦的人，也许都会把这句话当成口头禅。

对方似乎还多少有些兴奋，对男爵这番白痴般的梦呓并不介意。

"小新啊，能见到你真是高兴。我有好多话想和你说呢，只是现在实在抽不出身。对了对了，九点，如果您有空的话，我就在新桥站前等您。那个，真的，拜托您了，虽然有些失礼，但还请您一定要来。"她说话的声音很小，速度却很快，字斟句酌，言辞恳切。她确实是认真的。面对他人的请求，若是拒绝就不是男爵了。

"好，可以。"

从制片厂出来后，男爵坐上了摇摇晃晃的电车，心中十分不快。同自己以前的女仆在新桥站相见这件事，无论如何都让他感到嫌恶和卑劣。他觉得这是寡廉鲜耻，甚至有点儿违背人伦。到底去还是不去呢？他心中颇感犹豫。想来想去，还是去吧。若无其事地放人鸽子，这般强硬的态度，若是做得出来，就不是男爵了。

九点在新桥站，男爵找到了阿富。之后，他便缄口不语，只是快步走着；矮小的阿富则跟在他后面，几乎要小跑起来。她看着他的脸，一下蹿到他的左边，一下又蹿到他的右边，一个劲儿地向他发问，问的主要是家乡的事情。可男爵有八年多没有回过老家了，所以那边的事情，他一概不知。因此，只好嗯啊、这个嘛、嗯地敷衍搪塞。到后来着恼了，便胡说八道一通，就连 "as you see" 这样的英语都飙出来了，只想早点离开。可就在这时，阿富开始说起奇怪的话来了：

"我可是什么都知道哟！小新你的事情，我一件不落全都听说了。小新你是个堂堂正正的人，从来都不做坏事。我一直都是这么认为的，从没动摇过。小新啊，你是个好人。可真是难为你了。你的事都传开了，我从这里那里都听说了。可是小新啊，要拿出勇气来啊。你没有输。你若是输了，那就是输给神明了。小新你也要变成一个神啊，可不能输啊。我也吃

过苦，所以小新的心情，我懂。小新，在那个瞬间你经历了生
而为人所能经历的最高贵的痛苦，是值得自豪的啊。我相信你
的。人啊，谁能没点儿缺点呢？小新，你一直都在做好事。可
不要害羞，要自信。就算是要理直气壮地要人给你道谢，那也
是应该的。小新，不管怎么样，你都是一个堂堂正正的人。我
知道的，我生在这样一个污浊的世界，这些事情，我都懂。"

这一席话说得男爵如坠梦里。这个女人究竟在胡说些什么
呢？他勉勉强强地想要拒绝阿富这番不可思议的自言自语。即
便是身处这般朦胧的爱之喜悦中，那种深不见底的失败感仍然
将他变成了一个悲惨的无能之人。Love Impotenz。被驯服的卑
躬屈膝。他早已同白痴相差无几。一个 20 世纪的怪物。一个
脸上残留着青色胡茬儿的奇怪婴儿。

这时，阿富咚地在背后推了他一把，他便跟跟跄跄地走进
了眼前的资生堂。两人在雅座坐了下来，面面相觑。其他客人
则时不时地斜眼向这边偷看。倒不是在看男爵，像他这般贫弱
的青年又有什么好看的？看的其实是阿富，她可是小有名气的
女演员。男爵是个无趣的人，因此对其一无所知。他被人们那
些肆无顾忌地偷着弄得有些生气，于是绷起了脸，说：

"你看看，就因为你戴了这么个鸟毛帽子，人家都在笑呢。
真是不像样子，我还是最喜欢女人穿平纹的丝绸和服。"

阿富笑了。

"有什么好笑的，你还莫名其妙地来劲儿了。就因为我刚才听你说了这么多话都没吭声，你就得意起来了？可别跟我装模作样地说你刚刚从妇女杂志里读来的那些东西。我可不想要你这种人来安慰我，女人就应该有女人的样子。我不高兴了，我要走了。你都说完了吧？"正说话时，也不知什么缘故，他的心头袭来一阵强烈的屈辱之感。真是个没教养的家伙。把我当成浪荡子了吧？想让我来取悦你这样的家伙？没门儿！他嗖的一下站了起来，一个人快步从资生堂夺门而出。

阿富镇定地望着他离去的背影，脸上浮现出了母亲般的微笑。

二

  男爵从资生堂出来之后，就径直回到市郊的家里。从郊区的那个小车站下车之后，男爵的心境已经平复下来。总算得救了。首先，没出什么过错就算万事大吉。其次，自己的态度十分勇敢果决，他也为此暗暗自赏，甚至还有那么点陶醉了。之后，他来到车站前的小卖部，买了十个客人用的餐盘。男爵这个家伙就是这样，对那些公然辱骂叱责自己的人，老老实实尽心服侍；而对那些温柔地安慰自己的人，反倒大逞神威把人赶跑，之后还能平心静气地去做别的事。可那天晚上，男爵在床上辗转反侧，毕竟还是想起了故乡的那些事情——

  我啊，毕竟还是为自己的教养而感到自豪的。不管怎么说，我始终还是为自己的家世而骄傲的。那是一个严肃的家庭。要是我现在手头有一张全家福，说不定我就会把这张照片挂在房间里的床间上。人们要是看见了，一定会羡慕我的。而那一瞬间，我又会感到多么得意。我一定会略带夸张地给他们讲讲家里的每一个人。听众们可能会为了憋住哈欠而留下眼泪，可我却会将其当作感动的热泪，并继续不厌其烦地给他们讲家里的那些温良恭俭让。然而，听众们终于无法再忍受下去了——

"原来如此，你真幸福。"他们好似悲鸣一样呈上赞许，并打断我这番扬扬得意的演讲，紧接着便问了我一个问题，"可是，这照片里好像没你啊，怎么回事啊？"

我答道：

"啊，当然没有我了。我做过几件坏事，没资格一起照相。当然不应该有我，我是绝对没那个资格的。"

现在，我也还是这个样子。家里人只是想着，这孩子不讲规矩，任性放肆，说谎骗人，要再让他吃些苦头才好。因此，尽管我过得艰辛，可他们却只是旁观。他们想着，我本性并不顽劣，吃了这不少苦头，一定会幡然悔悟。他们就抱着这个信念，一直等着。而我自己也知道这一点。所以即便是在那饱受寻死之念所苦的夜里，我也拼命安慰自己：黑夜过去就是清晨，黑夜过去就是清晨。无论如何都要努力活下来，三年之后，我要让自己也在那张全家福里占有一席之地。可我的身体不好，说不定在那之前就会突然死掉。到时候，我的家人们就会在全家福的右上角加进我那被白色花朵环绕的笑脸。

现如今，已经过了三年，不，大概已经过了五年十年了。在乡下，我已成为一个劣迹斑斑的人。家里人也许也有心将我纳入家门，然而终究是无从着手。若是突然哪天发生了什么事，我不得不背负这诸般劣迹返归乡里，那又该如何是好？且不说我的感受，比起我来，我的家人恐怕要辛酸得多吧。去年秋天，我的姐姐去世了，可家里居然没通知我。我心里没有半点儿埋怨，我理解他们的处境，也不想勉强他们。可是，如果……我知道这是一个极端不谨慎又荒唐之至的假设，可是，万一哪一天，母亲也走了，那又该如何是好？也可能会突然通知我吧。就算他们不通知我，我也只能这么忍受下去。我已经做好了思想准备，不会心存怨恨。可是——啊，我的内心深处终究还是自私——他们怎么会不通知我呢？他们会通知我的，然后我就被召回老家了。我已经有大概十年没回过老家了，即便是想偷偷回去看一看也不允许。这是理所应当的。可是，若是母亲真的出了什么事，要把我召回老家。到了那个时候，具体又会是怎样一番情形呢？

让我来想想看吧：

先是来了电报，我愁得在房间里转来转去，不知如何是好。十分发愁，说不定愁得嘴里都怎么办怎么办地念叨了起来。没有钱，哪儿也去不了。我的那些客人们，生活困苦，全都比我还穷。在这种情况下，没有一个人靠得住。这封电报只会给我带来痛苦。而我的那些客人们，此时却帮不上一点儿忙，想必会比我更加痛苦。我不想让我的客人们蒙受这般无益的羞辱。他们丢了脸，只会让我感到更加更加地难过。我忽然想到了死。这同别的事情不一样。母亲出了事，我却是这副吊儿郎当的模样，真是不堪为人。还是算了吧。心里正想着。突然来了一封电报汇票。一定是从嫂嫂那里来的。三十元。可我想要五十元。然而这是贪心。五十元可是一大笔钱了。这五十元，足以让一个五口之家美美地过上一个月，足以让一个身患眼疾几近目盲的女孩儿重见光明。嫂嫂也想尽可能地多给我一些钱吧，可嫂嫂的钱也不是随随便便来的，肯定也都是咬紧牙关辛辛苦苦挣来的。即便她想给我多寄一点，在一众亲戚面前也有诸般苦衷，身不由己。因此，我若是还嫌弃这三十元太少，那就真是岂有此理了。为了这三十元的汇票，我是要合掌拜谢的。

为了着装，我也伤透脑筋。久留米花布的斜纹和服裤裙是最理想的。书生气的着装，最让我的家人放心。此外，他们也喜欢朴素的西装。带颜色的衬衫和红色领带，在这种场合，则是绝对不能穿的。我现今所有的衣服，只有那条肥大的裤子和那件青灰色的宽松夹克衫。此外再没别的衣服了，就连顶帽子也没有。我穿着这身衣服，就像个落魄画家或者油漆店老板。如果今晚去银座喝茶也就罢了，可要是穿了这一身回老家，一定会被家里人当成一个恬不知耻的家伙吧。在着装方面，我早已穷困潦倒，没钱再添置衣物了。因此便做出了一个奇妙的决定——借衣服。我身材较一般人稍稍矮小些，因此，即便到了不得不借衣服的时候，也总觉得不太方便。说来可笑，与我身高相同的人，全日本只有一个。他并不是我的客人，而是唯一一个时时予我以忠告的人。可这位好朋友也同其他人一样，比我更加穷困潦倒。西服倒是有一套，不过多半不在他本人手上，大抵是抵押给别人了。且说我揣着这三十元，赶紧跑到了那位朋友的住处，简单地讲明了来龙去脉。又拿了十元，跑到他抵押西服的地方，把衬衫、领带、帽子连带袜子一起取了回来，向他借过来。这下总算是把着装搞定了。也不讲究什么合身不合身了，能弄到一身稳妥的衣服，已经万事大吉了。我的脑袋很大，而那顶灰色的软礼帽扣在我的大脑袋上，则显得异乎寻常的寂寞。此外便是无花纹的藏青色西服，黑色的领带，嗯，大抵算是普通的着装了。我急急忙忙地跑到上野车站，伴手礼就不买了。外甥侄女堂姐堂弟，一趟数下来不少人，各个都已习惯了豪奢的伴手礼。我若是悄摸摸地拿出一本画册，也只会让他们觉得可怜，而且如果这边厢母亲他们又讲起了脸面和客气，非要推脱不受，那场面可就越发难堪了。于是，我决定还是不买伴手礼了。买完票，我就上了火车。

终于回到了老家。十年光景，此刻又见到这些乡间风物，我大约是一边走着，一边流着眼泪。鼓了鼓劲，振作一番之后，我走进了家门。自己这副样子，肩上连个旅行包也没有，想来真是叫人难受。家中有些昏暗，四下寂静无声。嫂嫂一定是第一个发现我回来的人。此刻，我心中已经开始惴惴不安了，脸上也一定像个傻子一样毫无表情，只能直挺挺地站在那里。而嫂嫂看着我，脸上也确实露出了恐惧的神色。站在这里的这个家伙，这个看上去有点儿脏的中年男人，真的是我的小叔子吗？真的是那个口齿伶俐的，嫂嫂、嫂嫂地甜甜地叫个不停的瘦弱高中生吗？猥琐，恶心。眼神黄浊，头发稀疏，红褐色的前额还闪着粗野的油光，还有那嘴巴、脸颊、鼻子——嫂嫂已经害怕得哆嗦起来了。

母亲的病房。啊，果然还是不行。怎么都无法想象。我这番空想，一定会悲惨地成真的。太可怕了。可不能想。这里就略过了吧。

我从母亲的病房里悄悄地溜出来的时候，我那刚好比我大一点的出嫁外地的姐姐也跟着蹑手蹑脚地走了出来。

"你来了啊。"她悄声说，声音很小很小。

我的心理防线轻而易举地崩溃了，此时的我恐怕已经呜咽了起来。

只有这个姐姐不怕我，她站在廊下，静静地站着，直等到我停止呜咽。

"姐姐，我是个不孝子吧？"

——男爵想到此处，不由得用被子蒙住了头，他流下了久违的眼泪。

变化是一点一点发生的。也就是说，他是一点一点地变成这个样子的：这个红褐色的、乏味的俗物。这种变化是不以人的意志为转移的。并不是那种因为某天早上醒来，突然亲眼见证了某个偶然事件而导致的变化。而是大自然的太阳，还有这五年十年来的风雨，一点一点地催胖了他的身体。他就像一株植物，他的变化同自然现象完全相似：春天花开，到了秋天叶子就会变黄。时不时地，他会露出一丝丑陋的苦笑，自言自语道："还是敌不过自然啊。"可是，在坦率地意识到自己的完败之后，他偶尔也会在自己身边感到一种不可思议的清爽的氛围。人也就是这样了，他感到漠然。于是，就目前的景况而言，他也感到无所适从。

这段时间里，对于接待客人和诸般应酬，他果然开始有些吃不消了。虽然他每天晚上仍然恭顺老实地低头倾听人们的谈笑，但心里却渐渐有些按捺不住了。他倒并非想要责难那些为客人们的寄人篱下之感所扭曲的个人主义以及那些刹那主义式的奇妙的虚荣。他明白，他们都是弱者。这些人全都苦于应付他们自己那深厚的爱，因此才被世人当作弱者和笨蛋。他们无路可走，无处可去，因此才不得不投奔于我。真是可怜。所以不管怎么样，我都一定要好好地招待他们。他心里就是这么想的。可这一阵子，他的心里却突然冒出了一些疑问。一个极其朴素的疑问：为什么这些人不去工作呢？即使找不到自己想做的事，也可以去做一些纯粹的不求报酬的事啊。运气不好也罢，能力不足也好，努力工作这件事情本身难道不应该是最正当的吗？这个世界难道不就应该如此严酷吗？如果这都做不到，那是无论如何都无法生存下去的。这一朴素的命题，正存在于生活的根本之中。无论是思考，审美，还是日常的寒暄，都应该是建立在这个根本之上的。因此，如这般每晚一成不变地躺卧一隅，互掷虚荣的客套，这难道不是件愚蠢的、盲目的、傲慢的、浅薄的事情吗？

而相比聚集在此处的这些人，那些精神更为高洁，才貌更加出众的人，却为了一件小小的工作而鞠躬尽瘁。那位电影导演的助手，其实是我们这些人里第一正直的。大家却对他冷嘲热讽，就连我也对他那干劲十足的样子感到为难，这样不好。干劲十足这个词，不是卑劣猥琐的东西，也不是滑稽好笑的东西。聚集在此处的人，个个都贫穷而又软弱。如今的时代思潮，却莫名其妙地娇惯他们，把他们变成十分让人不愉快的东西。而现在的我究竟还有没有余裕来亲切地款待他们呢？我也同他们一般，贫穷而又软弱，没有一点儿不同。现如今，那些灭亡的布尔乔亚们已经舍弃了意识形态中的不良品性，正在一点一

点地改过自新。反倒是那些被上述思潮所娇惯孕育出的所谓的"市民辛普勒"①之中，还残存着那种布尔乔亚阶级的颓废意识。当今时代的风貌，也因此而变得更加复杂而微妙。一个人并非因为软弱或者贫穷就一定无法得到神的垂爱。因为在这些软弱和贫穷的人里也会有圣人。坚强之中当然也存在着善，可是神反而垂爱软弱和贫穷。

他毕竟是个没志气的家伙，心里虽然这么想，依旧没有足够的自信。他无法拒绝那些客人，他害怕。有句俗话叫："杀个和尚，祸殃七代。"他害怕自己一旦拒绝了那些贫弱的人，哪怕只是拒绝了一次，那根做出拒绝手势的手指都会在之后一点一点地腐烂掉。而即便在手指腐烂之后，灾祸还要在子孙七代的血液里蔓延。于是，他就这么马马虎虎地强行拖延着，好像在等待着什么。

---

① 源于由德国剧作家卡尔·斯坦海姆（Carl Sternheim）的喜剧《市民辛普勒》（Bürger Schippel）。——译者注

三

从阿富那里寄来一封信：

坂井新介大人：

　　三天前，来到了沼津海的外景拍摄地。我一看见海浪溅起的飞沫，就不由得想喝柠檬汽水。一看见富士山，就不由得想吃羊羹①。我的心里其实也很苦恼。说这些好笑的话，其实是言不由衷。我如今已经二十六岁了。距离那件事也已经过去十年了吧。我一直在努力地学习，到头来还是一无所成。今天下起了雾一般的细雨，拍摄暂停，因此大家都跑到隔壁的房

① 一种日式点心。将豆沙和琼脂糕合在一起，蒸或熬制成棒状。——译者注

间里欢闹去了。我大概还是不适合做女演员吧。想见您。十六、十七和十八号这三天我已经请了假。哪天都可以，只要新介大人方便就行。若是您能赏光，那真是蓬荜生辉，不胜荣幸。我随信还给您画了一张我们这里的草图。写了这么多逾越礼数的话，真是让我羞愧恼火。字写得潦草，还请您原谅。有关终生大事，还请您务必赏光同我谈谈。我没有别的亲人可以指望了，这番厚颜无耻还请您多多担待，拜托了！

阿富

另外：我从助理导演 S 那里也听说了一些关于您的传闻。说您还有"男爵"这么一个绰号。真好笑啊。

男爵躺在床上读着这封信。刚读开头，他就忍俊不禁了。这封信给人一种十分奇怪的感觉。阿富似乎也是个大城市里的摩登女郎了，可这封信的遣词造句却十分别扭，或者说，这番遣词造句实在稀罕，因此男爵在看信的时候才忍不住笑。但是，他忽又变得严肃起来了。他这类人的宿命便是如此：别人的赠与，他能强硬地拒绝；可别人的请求，他却断断说不出一个"不"字。男爵看了看随信附上的略图，要从制片厂所在的那个镇子再往前坐两站。不去还是不行。男爵勉勉强强地爬起来，心情变得十分阴郁。今天十六号，那今天就赶紧收拾收拾出门吧。好像个懒鬼一样，他恨不能把眼下惦记着的事情立即收拾停当。

下了电车一看，这里比制片厂所在的镇子更加偏僻。一望无际的麦田里，麦子有五六寸高。柔和的绿色似乎立即就要融化了。这就是祖母绿吧，无趣的男爵心想。走了五六分钟，就出现了一座房子。是一座结构风格洋气十足的房子。这不由得让男爵大吃一惊。他按了按门铃，里边出来一位女仆。男爵心中里刻薄地忖度着：真是个蠢货，就算是当了演员，也不要弄得这样拿腔作调吧。

"我是坂井。"

那女仆剃过眉毛，脸色青白，打扮得十分花哨。她点了点头，露出一副心领神会的表情，一边谄笑，一边拉男爵进来。这时，阿富穿着平纹粗绸的和服正要从玄关出来。男爵也没怎么注意那件和服，只是语带愠怒地问道：

"有什么事情要说？你可不要再给我写那样的信了。我可没有那么多时间。"

"对不起。"阿富毕恭毕敬地鞠了一躬，"您能来真是太好了。"她心中的感动早已溢于言表，浮现在脸上了。

男爵颐指气使地说道：

"地方不错嘛。庭院也挺大，租金应该不少吧？"

然而，知名的女演员可不会租房子住，这是阿富自己挣钱盖的房子。可男爵还是一脸理所当然地继续说着：

"还是要满足虚荣心吗？嗯，可不要太勉强自己啊。"

走进客厅之后，阿富同男爵商量了信中所说的终生大事。今年秋天，阿富同公司签的合同就要到期了。她今年也要满二十六岁了，正想要借此机会退出演艺界。一开始，她本想说服乡下的老父老母，弃了老家的产业，跟她一起到东京这边生活。可费尽口舌，父母亲还是留恋乡间那几亩薄田，怎么也不肯到东京来。她还有个弟弟，六年前强顶着父母的反对，跑来这边和姐姐一起生活，如今已经在私立大学里上学了。现在该如何是好呢？这就是阿富想要商量的事情。男爵一听傻了眼，心中不禁生了疑窦：这阿富怕不是个傻瓜吧？

"可别开玩笑了。"阿富傻得有点儿蹊跷，男爵不由得因此而起了警戒之心，话也说得有些郑重严肃了，"哪里是什么终生大事。你现在不是挺好吗？亏我大老远过来一趟，你这事情，怎样都可以嘛。乡下的父母要是不肯来，同你完全断绝了关系，那也没有什么大不了的吧。你弟弟呢，是个男人，也总会有办法的，不用你负责。之后的事情，怎么做不都是你的自由吗？真是蠢得要死。"说到这里，男爵已经十分不悦。

"嗯，那……"阿富落寞地笑了笑，仿佛欲语还休。她停

顿了一小会儿，又轻轻地抬起了头，说，"我在想，我是不是应该结婚？"

"这和我没关系。"

"啊，"阿富有些害怕，她缩了缩脖子，继续说，"啊，那个，就是想和你商量一下这件事——"

"那就请你有话快说。究竟把我当成什么人了？你以前就有这个毛病，支支吾吾这样那样的，真叫人烦躁。你这样可不好啊，难道是只想拿我开开玩笑吗？"男爵已经非常生气了。

"没有，绝对没有这个意思。"她拼命否认，"真的有一件事想要拜托您，请您务必劝一劝我的弟弟——"

"我？劝你弟弟？劝他什么？"

阿富好像一个走投无路的人一样，默默地望着窗外长满嫩叶的樱花。男爵也跟着她一起，望向窗外，一脸苦相，好似嚼了黄连一样。阿富的肩膀微微颤抖了一下，或许是因为早已绝望，所以她的语气里令人害怕地没有任何感情的波动。她一口气说了下去，这一回没有任何吞吐："弟弟说什么也不赞成我结婚。虽然上了私立大学的预科，可他的言行却不尽如人意。这一阵子又因为麻将赌博，给警察添了不少麻烦。我的未婚夫又是那种古板认真的人，若是弟弟将来对他做出什么鲁莽的事情，我可就没法活了。"

"你太自私了！真是利己主义。"她还没说完，男爵就大声打断了她。也不知为什么，他竟觉得阿富的弟弟十分可怜，同时也觉得女人这种赤裸裸的任性自私十分卑劣，因此才义愤填膺。"太自私了，你这蠢货。简直是个大大的蠢货。你脑子里在想些什么呢？"男爵从来没有如此愤怒过。他的怒吼声在空气中扩散。此时的他感到自己好像长高了一尺，体内竟充盈着不可思议的力量。他这副气势汹汹的模样，把阿富吓得嘴唇都白了。她轻轻地站了起来，说："啊，那个，总之，还请你跟我弟弟说说。"她的声音断断续续，小得听不清楚，说完便转身从房间里跑了出去。

"喂，阿富丫头！"十年前，他就是以这种语气使唤阿富的。而现在，他竟不知不觉地又开始用这样的语气叫唤起她来。"我什么都不知道。"他的声音很大，闹出不小动静。

门无声地开了，一个皮肤黝黑、眼睛很大的青年正偷偷地往房间里张望，男爵一眼就看见了他，便盘问道：

"喂，你！你是谁？"以这般粗鲁的口气盘问素不相识的人，这在男爵还是头一回。

那青年毫不畏缩，也没说话，就一脸严肃地走了进来。

"您就是坂井先生吧？您可能不记得了，我在老家见过您一次。"

"啊，你就是阿富丫头的弟弟吧。"

"嗯，是我。您有什么话要对我说吗？"

男爵此时已经做好了心理准备。

"对，我当然有话要说。我告诉你，我现在非常不愉快。没错，非常非常不愉快。你姐姐她真是个蠢货。这事我站在你这边。我这人心里藏不住事，大家都说，你姐姐最近就要结婚了。也听说对方是个很正经的人。这没什么关系。这倒也挺好。这事和我也没什么关系。可这之后的事情就要不得了。真是卑鄙！也不是什么了不得的事，却要来给你找麻烦。我是相信你的。一眼我就明白了。你们这些学生，不，即便我也是如此，只是迷失了努力的方向罢了。不，应该说是只是失去了努力的表象罢了。在这种情况下，又何谈什么搞学问呢？世人只是不明白你们心中所埋藏的那份至诚罢了。你姐姐这儿若是容不下你，就上我那儿去，咱们一起走。真是的，即便是我也不想一直这样无所事事原地踏步啊。我可受不了这般无益的侮辱。像个女仆一样给人跑腿，被人使唤来使唤去的，这还受得了？最重要的是，要跟你姐姐结婚的那个家伙，他真是个有出息的家伙吗？自己的小舅子都照顾不了，算什么东西？"

"不用，"青年站着一动不动，断然拒绝道，"我可不需要他的照顾。只是他好像把我当作什么不干净的东西，总是想方设法地要和我拉开距离。这种想法我不能忍受。就算是我，也是有理想的。"

"对。说得一点儿都没错，那家伙就不是个好东西！"这句话说完之后，男爵有点儿张口结舌，好像一下子不知道接下来该说什么了。"总之，这事和我没什么相干。我也跟阿富丫头说了，你们怎么处置随你们的便。我现在很不高兴，我要回去了。把我当成什么人了？不，我要走了。我跟她说了，要是这么讨厌自己的弟弟，就让我把他领走好了。"

"不好意思，我还有话要说。"青年挡在正要离开的男爵面前，低声说："照顾也好，收留也好，我觉得都是些陈旧过时的问题。最重要的是，你自己真的有余力来照顾和养育一个人吗？"男爵经他这一问，心中一怔。他不禁又抬起头，重新审视青年的面孔。"对自己的所作所为有所觉悟，难道不应该是当下最为迫切的问题吗？与其关心别人，难道不更应该先救救自己吗？请您让我们好好见识一下吧。即便没有什么引人注目的成绩，我们也依然会尊敬您。无论多么微小的个人力量和努力，我们都应该充满信念。而我当下的新理想，就是将那曾经零落成泥的自我意识，从混沌的深渊中打捞起来，踏踏实实地修复它培育它，让它茁壮成长。事到如今，要是还有人把自我意识过剩或者虚无当作某种清高的东西来谈论，那才是货真价实的愚蠢！"

"哎呀！"男爵仿佛欢呼般大叫一声，"你，你，你真是这样想的？"

"不光是我这么想。在人的自我之中，有比阿尔卑斯山还要险峻的高峰。为了将其征服，务必全力以赴。我们用个人英雄这个词来称呼那些完成此番大业的人。我们尊敬他们，胜过尊敬拿破仑。"

来了，等待着的东西终于来了。新的，那些全新的下一代已经崭露头角了。男爵的心中感慨万千，一时半会儿竟说不出话来。

"谢谢！真好，真好啊！我一直在等待着你们的出现。被人笑作老好人也好，被人指着鼻子骂傻子也好，被人蔑视为废人也好，我就这么一直默默忍耐着，等待着。我等得好辛苦啊。"

说着说着，他的眼泪就落了下来，赶紧手忙脚乱地从房间里飞奔出去了。

男爵像个逃兵一样，从阿富家跑掉了。青年在客厅的沙发上坐下，脸上浮现出一丝微笑。阿富悄悄打开门，走进房间。

"计策生效！"不良青年朝着天井吐了一个烟圈，接着说道：

"确实是个很好的人哪，我也挺喜欢他的。姐姐，跟他结婚吧。真是辛苦你了，十年的爱慕，总算有结果了。"

阿富的眼里早已盈满泪水，对着年轻的弟弟，她双手合十。

男爵就这么糊里糊涂却又兴致勃勃地跑回了家。之后的事

情就按部就班：一番思索之后，他在家门口贴了一张"忙中谢客"的字条。人生的启程，总是幸福甘甜。那就先试一试吧。惨淡的局面之后，便是春天。樱桃园①已经回不去了。

---

① 此处大概典出契诃夫的《樱桃园》。——译者注

关于爱与美

兄弟姐妹五人，个个都喜欢浪漫故事。

大哥二十九岁，法学学士，和人接触时，会有一点儿妄自尊大的毛病。不过这只是他吓唬人的一个面具，权且用来遮掩自身弱点而已。事实上，他是个软弱而又十分温柔的人。同弟弟妹妹们一起去看电影的时候，他总是嘴里垃圾啊、愚蠢啊，埋怨个不停。可一旦看到电影中那些武士为了义理人情所累时，第一个落下眼泪的，也总是这位大哥。此事已成定例。从电影院出来之后，他又立刻变回了原样，骄傲自大，满脸的不高兴，一路上都不吭一声，好像生闷气一样。关于他，有一点倒是可以直言不讳：那就是自出生到现在，他还从没说过谎。不管别人怎么看，他这个人确实有刚直清白的一面。在学校，他的成绩不太好。毕业之后，也没去哪里工作，只是顽固地守在家里研究易卜生。这阵子，他又重读了《玩偶之家》，似乎有了什么重大发现，颇为兴奋激动。娜拉那时正恋爱，同阮克大夫相爱。他发现了这事儿，便赶忙召集弟弟妹妹，费了不少力气，对书中此处批评斥责解释一番，可到头来也是徒劳一场。"是怎么回事呀？"弟弟妹妹们歪着头，嘴上呵呵呵呵地笑着，脸上却没有一丝兴奋的神色。总归来说，这帮弟弟妹妹们还是有点儿小看他们的大哥。

大姐二十六岁。至今还未嫁人，在铁道省上班，法语说得很好。身高五尺三寸，骨瘦如柴。弟弟妹妹称她为"马"。她头发剪得很短，脸上戴着一个哈罗德·劳埃德①式的圆框眼镜，为人浮夸，爱小题大做，不论跟谁都能立刻成为朋友，并一心一意为人服务奉献，然而最终又被别人扔弃。这是她的兴趣，她私底下其实十分享受忧愁和寂寞的感觉。有一次，她热烈地爱慕上了同科工作的一位年轻官员。之后，又果不其然地被人嫌弃。而这一次，她终于由衷地感到失望和灰心，心情糟糕透顶，于是便谎称自己得了肺病，在家躺了一个星期。她脖子上缠了绷带，胡乱咳嗽一气，还去看了医生。医生给她好好地照了个伦琴射线，还夸奖她的肺脏十分健康，简直世所罕见。文学鉴赏，她可是真格的。无论东洋西洋，也确实读了很不少。若是有余力，她自己也会偷偷写点儿东西，全都藏在书

① 哈罗德·劳埃德（Harold Clayton Lloyd，1893—1971），美国电影演员及制片人，以演出喜剧默片闻名，并与查理·卓别林和巴斯特·基顿并称为默片时代最有影响力的三位电影喜剧演员。他最出名的角色是"Glass"，一个完美迎合美国20世纪20年代时期的足智多谋、努力追求成功的拼命三郎。——译者注

箱右边的抽屉里。在这些存积起来的作品之上，齐齐整整地放着一张纸片，上面写着："将在去世二年后发表的文稿"。"二年后"有时会改成"十年后"，有时又会改写成"两个月后"，偶尔还会改成"百年后"。

二哥二十四岁，是个俗人。学籍虽在帝国大学医学部名下，人却很少去学校。体弱多病，可以说是个真正意义上的"病人"。生得一张令人惊异的漂亮脸面，为人吝啬小气。有一次，大哥买回来一把破旧球拍，因人家骗他说这是蒙田用过的球拍，他便一口价五十元得意扬扬地买了回来。二哥背地里为此事发了好大一场脾气，直气得高烧一场，最终把自己的肾也给搞坏了。他总是瞧不起人，不论什么人他都看不上眼。别人要是说点儿什么，他嘴里就要肆无忌惮地哧一下，发出一声奇怪的，好似乌鸦天狗的笑声一般的，极其不快的声音。他只认歌德。不光是佩服歌德那朴素的诗歌精神，对于歌德的高官厚禄，他似乎也有那么一点儿垂涎。是个古怪的家伙。不过兄弟姐妹之间一起即兴作诗比赛的时候，拿第一的总会是他。是个能干的家伙。正因为是个俗人，对于激情的客观把握，他是清楚明了的。若是自己加以精进，说不定也能成为一个一流作家。他十分倾慕家里一个腿脚不太好的十七岁女仆，喜欢得要死要活。

二姐二十一岁，是个自恋狂。有个报社之前搞了一个"日本小姐"的评选，她很想毛遂自荐去参加评选，为此三天都没睡觉，呼天喊地地好一顿折腾。而折腾了三个晚上之后，她才意识到自己的身高不够，遂又断了念想。兄弟姐妹之中，就属她十分矮小，因此反倒引人注目。她身高四尺七寸，人长得却颇为标致，一点儿也不难看。深夜里，她会一丝不挂地对着镜子咧嘴笑，用丝瓜古龙水洗她那双丰满而白净的脚。接着又轻轻地亲吻自己的指尖，陶醉地眯上眼睛。有一次，她的鼻尖上突出来一个小小的粉刺，她用针挑掉了，但心中仍忧愁不已，甚至还要计划自杀。她读的书也很有特点，她会去旧书店搜罗明治初年的佳人奇遇、经国美谈之类的书来，自己一个人一边读一边偷偷地笑。黑岩泪香①和森田思轩②等人翻译的作品，她也是十分喜欢的。此外她还收集了一大堆不知道从哪里弄来的不知名的同人杂志。每一本她都要认真仔细地从第一页读到最后一页，一边读还一边真有意思、真好啊地自言自语。而她私底下真正最爱读的还是泉镜花。

幺弟十八岁，今年才刚刚上一高理科甲类。上了高中没多久，他的态度就忽然变了。他的哥哥和姐姐们都觉得十分可笑，而他却十分严肃。不论家里出了什么样的小争执，老幺总

---

① 黑岩泪香（1862—1920），日本明治时代的思想家、作家、翻译家、推理小说家、记者。——译者注
② 森田思轩（1861—1897），日本记者，翻译家，汉文学者。是与黑岩泪香一道活跃于明治时期的翻译家，人称"翻译王"。——译者注

是会不请自来，突然露脸，好似经过了一番深思熟虑，断下判词。他的这种行为，最开始是母亲吃不消；到了后来，全家人都因此对他敬而远之了。老幺对此十分不满，气得嘴巴都鼓起来了。大姐看不下去，就单独给他作了一首和歌，云："多想长成大人，却没人当我是大人。"借以宽慰他的怀才不遇。他的脸长得像个小熊，十分可爱。哥哥姐姐们都对他宠爱有加，因此他也就或多或少有点儿毛手毛脚。他十分爱读侦探小说，时不时还独自在自己的房间里玩变装。他声称要学习语言，便买来日英对译的柯南道尔，可真正读起来的时候，却只看日文的部分。他觉得在兄弟姐妹之中，只有他自己才真正关心和在乎母亲，这种悲壮之感在私底下让他十分受用。

父亲五年前去世了，生活却并没有因此停摆。总的来说，这是个和美的家庭。有时候，大家都会感到让人害怕的无聊和乏味，因此也都对此闭口不提。今天星期天，天气阴，是穿哔叽和服的季节。等过了这阵阴郁的梅雨天气，就是夏天了。这一天，大家都待在客厅里，母亲在榨苹果汁给五个孩子喝。老幺独自拿了个特别大的杯子，正喝着苹果汁。

无聊的时候，大家就会开始玩故事接龙。这已成为家中的惯例，母亲偶尔也会加入一起玩。

大哥环顾四周，一副妄自尊大的样子，开腔道："怎么样？今天咱们换个特别一点儿的主人公吧。"

"换个老人吧。"二姐把胳膊肘撑在桌上，用一根食指支着自己的脸颊，样子着实矫揉造作，"我昨晚可是想了很久呢。"简直胡说八道，其实就是刚刚心血来潮想到的而已。"我是明白了，在人类之中，最最浪漫的种属就是老人。老太婆不行，一定得是老头儿。一个老头儿，就这个样儿，一动不动地坐在檐廊下，这不就已经很浪漫了吗？太有感觉了。"

"老人嘛……"大哥做出一副若有所思的表情，"好吧，那就老人吧。这个故事最好要华丽一些，要有甜美丰富的爱情。最近读的《格列佛游记》过于阴郁惨淡了些。我这阵子还重读了布兰德①，看得我腰酸背痛的，太难了些。"他坦率直白地说。

"我来，让我说，"还没完全想清楚，就先大喊一声自报家门的是老幺。他咕嘟咕嘟地用大杯子喝了口果汁，从容不迫地开始陈述自己的意见，"我嘛，我的想法是这样的。"他有意把自己的语气弄得十分老成持重，一开腔，其他人不禁苦笑。二哥听罢，也哧的一声，发出了他那标志性的怪笑。老幺的嘴巴都噗地一下鼓了起来，继续说道：

"我想啊，这个老头儿，一定是个搞数学的，一定得是一个伟大的数学家，当然得是个博士，世界闻名的。如今，数学

---

① 此处疑为英国推理作家克里斯蒂安娜·布兰德（1907—1988），主要作品有《高跟鞋之死》《绿色危机》等。——译者注

这一学科正处于急速的变革之中，过渡期正在徐徐展开。从世界大战结束后的 1920 年至今大约十年之间，变革正在一点一点发生。"昨天刚在学校听完的课，今天就绘声绘色地讲起来了，真让人受不了。"回首遥望数学的历史，它与时代的变迁是同步的。这点是可以确证无疑的。首先，最初的阶段是微积分学发现的时代，是与希腊古典数学相对的广义上的近代数学。如此这般，我们开启了新的领域。而在这之后，与其说是获得新高的时代，倒不如说是开拓新宽的时代，扩张的时代。这就是 18 世纪的数学。等到时间切换到了 19 世纪，我们现今所处的阶段就到来了。也就是这个急速变革的时代。如果要选一个代表人物，那就是 Gauss[①]。G、A、U、SS。如果把这个急速变革的时代叫作过渡期，那现代就算得上是大过渡期。"

他似乎完全没想要讲什么故事。尽管如此，老幺得意扬扬，喜形于色，越说起来劲了。

"烦琐无序，定理泛滥，迄今为止的数学，已经完全阻滞不前，沦为死记硬背之物了。而就在这时，敢于站出来高呼数学之自由性的人，正是如今的这位博士老头儿。真是个伟大的人啊。要是让他去当侦探，不管多少年的古怪疑难案件，他

---

① 原文即为 Gauss。约翰·卡尔·弗里德里希·高斯（Johann Carl Friedrich Gauss，1777 — 1855），德国著名数学家、物理学家、天文学家、大地测量学家，近代数学奠基者之一。高斯被认为是历史上最重要的数学家之一，并享有"数学王子"之称。——译者注

只要环顾犯罪现场，就一定能在转眼之间得出真相，就是这么个聪明绝顶的老头儿。总之，就像 Cantor[1]曾经说过的一样，"又开始了，"数学的本质，在其自由性之中。一点儿没错。所谓自由性，乃是 Freiheit 一词的翻译。在日语里，自由一词，最早是在政治的意义上使用的，因此与 Freiheit 本来的意思，可能并非全然相合。所谓 Freiheit，指称的是无拘无束的、朴素的事物。不 frei 的例子，很多很多，不胜枚举，因此反倒难以举例。就比如说我家的电话号码吧，你们都知道的，是 4823。而在三位数和四位数之间加上一个逗号，就写作 4，823。若是像在巴黎那样写作 48｜23，就更好理解一些。不过还是必须在三位数后加一个逗号。嗯，这样一来，此处就已经有了一个束缚。而老博士正是为了打破这一切陋习和束缚，坚持不懈地努力着，真伟大啊！庞加莱[2]曾说过，唯有真理值得去爱。然也。将真理简洁、直接地表述出来，这样就足够了，不可画蛇添足。"

事到如今，已经和故事完全没有关系了。兄弟姐妹们面面相觑，沉默不语。

---

① 原文即为 Cantor。格奥尔格·康托尔（Cantor, Georg Ferdinand Ludwig Philipp, 1845-1918），德国数学家，集合论的创始人。——译者注
② 亨利·庞加莱（Jules Henri Poincaré，1854-1912），法国数学家、天体力学家、数学物理学家、科学哲学家。庞加莱的研究涉及数论、代数学、几何学、拓扑学、天体力学、数学物理、多复变函数论、科学哲学等许多领域。——译者注

老幺越发没完没了地继续发表他的长篇大论——

"纸上谈兵，毕竟不得要领。最近我正潜心研究解析概论，还记得一些东西，虽然惶恐不已，但我还是想试举一例，说一说级数。一般认为，二重或二重以上的无限级数的定义有两种。画个图来看可能会更好理解。不过说起来嘛，就是法国式和德国式两种。得出的结果虽然都是相同的，但法国式更为大多数人接受，其依据和立足点也颇为合理。不过现今有关解析的书却仿佛背地里说好了一样，全是清一色的德国式，真是令人不可思议。传统这种东西，会让人心中升起一股宗教感。在数学界也一样，这种宗教感也逐渐渗入进来了，这是必须抨击的。老博士正是要站出来打破这些传统。"

他说得越加意气昂扬了，大家却感到意兴阑珊。只有老幺一个人，好像那老博士一样情绪高涨，继续侃侃而谈，发表高论：

"最近人们有一种习惯，喜欢在最开始讲解析学的时候先讲一讲集合论。这也是十分可疑的。举个例子，比如绝对收敛。以前是不论项的顺序如何改变，级数的和始终是确定的。与此相对的，则有条件级数。可现今，意思却变成了绝对值级数的收敛。而当级数收敛，绝对值级数不收敛的时候，改变项的顺序，可以使任意的 limit tend。因此，绝对值级数一定不能收敛。就是这个道理。"啊，有点儿不对劲了，心虚了。想起来了，我房间书桌上那本高木先生的书里写了的。可现在再去取已经不行了。那本书里全写了的。有点儿想哭了，舌头打结，身体发抖，声音变尖了，听起来好似悲鸣。"总而言之——"

兄弟姐妹们都仰头看着，满脸讪笑。

"总而言之，"这一次，已经是带着哭腔了，"一旦成为传统，很多错误就会被忽略。细微之处仍然存在着很多问题，只能深切盼望未来能够出现一本立场更加自由，更为基础，面向大众的解析概论吧。"

一通胡说八道，老幺的故事终于到此结束。

场面有点儿扫兴，话怎么也接不下去了。大家都变得一脸严肃。大姐是个很有同情心的人，她觉得自己应该救一救老幺的场，便沉住气忍住笑，镇定地说起来——

诚如刚才所说，这位老博士胸怀远大的志向，而远大的志向则常常受困于逆境之中，这已经是颠簸不破的定理。这位老博士也一样，为世人所不容。附近的人们都叫他"奇人、怪人"。有时候，终究孤苦寂寥。这天晚上也是一样，他一个人拄着手杖在新宿散步。就说是在夏天吧。夏天的新宿，外出的人很多。老博士穿着一件皱巴巴的浴衣，束带系得齐胸高。带子的结扣长长地垂在身后，好像一只老鼠的尾巴。整个人俨然

106

一副可怜相。而且老博士是个爱出汗的人，今晚出来又忘记带手绢。因此便越发显得可怜惨淡了。一开始他只是用手来擦脸上的汗。可这汗流得，光用手根本擦不完。简直像瀑布一样，从额头不停往下流，一边沿着鼻梁，一边沿着鬓角，哗哗地把整个脸都洗了一遍。之后，又沿着下巴滑进胸前了。真是糟透了，仿佛把满满的一壶山茶油从头黏糊糊地浇下来一样。老博士也忍无可忍了，终于开始提起浴衣的袖子擦脸上的汗。他擦得很快，为了不让别人发现，他就稍微走几步，然后极快地擦几下。就这几下工夫，他的两袖就已经湿透了，像淋了暴雨一样。老博士虽是个不拘小节的人，可这般大汗淋漓，终究让他十分困扰。于是他跑进了一家啤酒屋。进了啤酒屋，吹了电风扇扇出来的温吞吞的风，他身上的汗总算稍微收束了一些。而这时，啤酒屋里的收音机正大声播放着时局讲话。老博士仔细一听，发现这讲话人的声音颇有些耳熟。难道是那个家伙？老博士心想。果不其然，在讲话结束之后，主持人介绍了他的名字，还在他的名字之后加上了阁下二字的尊称。老博士来了兴趣，开始仔细听下去。这个讲话的男人原是和老博士一同上的高中和大学，在桌子上并排学习的家伙。不知究竟得了什么好的要领，这人现在竟在文部省混得风生水起。偶尔在同窗会上，老博士也同他打过照面。而他每次都要徒劳地嘲笑老博士一番。乏味，下流，还一个劲儿地开些陈腔滥调的拙劣玩笑。

明明不好笑，那些马屁精们却一个劲儿地拍手鼓掌，脸上还要对他所说的话表现出兴奋的笑容。有一次，老博士忍无可忍，愤然离席。他刚刚站起来，就吧唧一脚踩到了一个从桌子上滚下来的橘子，惊惧之余不免发出啊的一声惨叫。随之便引来一阵哄堂大笑。心中好不容易升起的一股正义怒火，却落得这般惨淡悲哀的结局。然而老博士并没有气馁，总有一天要把这小子好好揍一顿。刚刚在收音机里又听到了他令人厌恶的沙哑声音，老博士感到十分不快，于是他就大口地喝啤酒。本来老博士的酒量就不是很好，顷刻间便喝得酩酊大醉。而这时，街边的一个算命女走进了啤酒屋。

老博士小声把她招呼了过来，柔声问道："你今年几岁？"

"十三岁。"

"是吗？那这样的话，再过五年，啊不，四年，啊不，再过三年，你就能出嫁了。"

"对啊。"

"那十三加三是多少？"

"什么？"

就这么没头没脑地说了几句。数学博士也一样，喝醉了酒之后也有那么点讨人厌。他唠唠叨叨地纠缠了那女子一会儿，最终不得不花钱找她算上一卦。老博士并非迷信之人，可今晚因了先前那广播的事情，立场也变得没那么坚定了。于是他想试着算上一卦，卜一卜自己的研究和命运究竟要行往何方。可悲啊，人若是为生活所打败，就免不了要寄希望于预言。这一卦，是用烤墨纸算的。老博士点燃一根火柴，用微弱的火烤着占卜用的纸。他瞪着一双醉眼定睛观察，一开始也不知纸上写了什么东西，心中正惴惴不安。而就在这时，几个古风字体的平假名渐渐地出现在了纸上。他读着：

"如您所愿。"

老博士莞尔一笑。不，这可不是莞尔一笑。身为博士的他，竟爆发出一阵嘿嘿嘿嘿的猥琐笑声。笑毕，他急忙伸长脖子扫视了一番周遭的醉客。尽管并没有人把他特别当回事儿，他却并不介意。他笑了，笑得朝气蓬勃，笑声却十分复杂，在啤酒屋里荡漾开去了。"哈哈，如您所愿，嘿嘿嘿嘿，啊啊，不好意思，呵呵呵呵。"他笑着向酒馆里的其他人致意。这下子他已经完全恢复自信，悠悠然地走出了啤酒屋。

外面的人流络绎不绝，人人摩肩接踵，汗流浃背。尽管如此，大家都若无其事地走着。步履不停，却好像并没有一个什么特别的地方要去。因了日常生活的寂寞，每个人都像隐隐地怀着某种期待，所以他们才做出一副若无其事的样子，在夜幕下的新宿漫步。然而，不论他们在新宿的大街上走多少个来回，都不会发生什么好事，这是已经确定的了。不过，心中能够隐隐约约怀有这样的期待，就已经是幸福。在如今这个世道，也只能这么想。老博士被啤酒屋的旋转门猛地一下推了出来，跟跟跄跄地，纵身投入这些大都市寂寞的旅雁之中。推推搡搡地，不一会儿，他就像游泳一样淹没在这条旅雁之流中。不过今晚的老博士恐怕是新宿的人群之中最为自信的那一个，抓住幸福的概率也最大。老博士时不时地寻思一下，嘿嘿干笑几声，自己偷偷地微微点一点头，扬起眉毛，一副深以为然的模样；时不时地又像个不良少年一样，嘘嘘嘘地试着吹几声拙劣的口哨。正这么走着，突然扑通一下，迎面撞上了一个学生。倒也不是什么稀罕事，在这般拥挤的人流之中，撞上几个人也正常得很，不是什么大不了的事。那学生也就这么从他身边走过。可没过多久，老博士又"扑通"一下，撞上了一个漂亮的姑娘。然而这也没什么好稀罕的。在这般拥挤混杂的地方，撞上个什么人简直再正常不过了。没什么大不了的。姑娘也就这么从他身边走过去了。幸福还未兑现，可变化却已从身后来临。啪啪两下，有人轻轻地拍了拍博士的脊背。这回是来真的了——

大姐讲到这里便低下了头，慌慌张张地取下眼镜，开始用手绢一个劲儿地擦拭镜片。这是大姐的一个习惯，她每次害羞的时候都会这样。

二哥接过了话题：

"我嘛，对于描写终究还是不太擅长——不过，也不是完全不行啦。那我今天就稍稍费一点脑筋，简洁地说一下好了。"这话说得，可有些盛气凌人，他接着说道。——博士回头一看，只见一位女士正站在他的身后。四十岁左右，身形有些胖，怀里抱着一只样貌十分奇妙的小狗。

两人说话了——

"你幸福吗？"

"嗯，幸福。只要你不在，就一切都好，一切都如我所愿。"

"喊，你肯定找了个年轻的，对不对？"

"嗯，对不起。"

"喂，你太过分了吧。之前不是说好了吗？只要我不养狗了，就能搬回去和你一起住的。"

"说什么呢？你这不还养着狗呢吗？这次的这条狗不也一样烦人吗？真过分。这狗是吃虫蛹长大的吗？长得像个妖怪一样。啊，真恶心。"

"可别故意做出这副脸色苍白的样子给我看。喂，Pro。他在说你坏话呢。朝他叫。汪汪汪，朝他叫。"

"行了行了。你还真是一如既往地讨人厌啊。一跟你说话，我就脊背发凉。还有那个 Pro，Pro 是什么啊？好歹起个顺耳点的名字吧。真是蠢，简直受不了。"

"挺好的呀，Pro，是 professor 的 pro，饱含着对您的仰慕

BROKEN HEART& BROKEN LETTER.

之情呢。多可爱啊，不是吗？"

"真受不了！"

"哎呀，哎呀，果然又出了一身汗！啊，还用袖子擦汗？真是不像话啊。你的手绢呢，没有吗？你现在这个老婆可不怎么样嘛。夏天出门，三张手绢一把扇子。我带了一次，可就从来不忘了。"

"可别抹黑神圣的家庭，你这么说话让我很为难。我不高兴了。"

"那对不起啊。给，手绢。"

"谢谢，我借你的先用一用。"

"哟，真是忘个精光。您还真把我当外人了。"

"分开了，就是外人了。这个手绢，果然还和以前一样，啊，不对，有狗的味道。"

"别嘴硬了行吗？想起来了吗？怎么样？"

"别说这些有的没的了，你这女人，怎么一点儿都不检点。"

"哎哟，到底是谁不检点？你现在这个老婆，可真是把你当小孩子一样惯着啊？你行了吧，一把年纪了，还这么不像话。真招人厌。是不是早上起床时还躺在床上让人帮你穿袜子啊？"

"你这样抹黑神圣的家庭，让我十分为难。我现在很幸福，诸事都很顺利。"

"这么说来，每天早上还喝汤喽？加一个鸡蛋，还是加两个？"

"两个。有时候加三个。所有的东西都比你在的时候富裕。事到如今，我才发现，世上再没有像你这样嘴碎唠叨的女人了。你当时为什么要那样过分地责骂我呢？我虽是待在自己家里，感觉却像是寄人篱下。简直就是端起别家碗，心中常忧愁。就是这样的。那个时候，我正花大力气搞一个重大研究呢。你却一点儿也不理解，从早到晚，整天在我耳边不停地唠叨。西服扣子啦，抽完的烟蒂啦，就这些破事儿，唠叨个不停。拜你所赐，我的研究最后也弄得一塌糊涂。跟你分开之后，我立刻就把西服的扣子全给扯下来了。那些烟蒂，我也都一个一个地全扔进喝咖啡的杯子里去了。真痛快。简直是大快人心。我一个人开怀大笑，笑得眼泪都要流出来了。我越寻思越觉得我遭了你的罪，越想就越生气，就是到了现在我还是非常生气。你就是这么一个一点儿也不懂安慰体谅别人的女人。"

"对不起，是我那时太孩子气了。原谅我吧，我已经明白了道理。小狗什么的，都不是问题。"

"又哭，你啊，总是喜欢来这一出。不过现在已经没用了。因为现在所有的事情都如我所愿。找个地方喝茶去吧？"

"不要。我现在已经清清楚楚地明白了，你我如今已经形同陌路，不，是早已形同陌路。两人的心相距十万八千里，再一起走下去，也只会给对方带来糟糕和不幸的回忆。我已经彻底明白了。过不了多久，我也会组建一个神圣的家庭。"

"进展得不错嘛。"

"还行吧。他是工人，是个工头。他说工厂要是没了他，机器就全都动不了。他给人感觉像是一座大山，是个踏实可靠的人。"

"和我不一样嘛。"

"嗯，没什么学问，也做不得什么研究，可人很有本事。"

"挺好的。那就再见吧，手绢就先借我用了。"

"再见。啊，你的腰带松了，让我给你绑上吧。真是的，总要让人照顾你。那……帮我给你的夫人问好吧。"

"嗯，等有机会吧。"

二哥突然住了口，接着又是哧的一声自嘲般的冷笑。他人虽然才二十四岁，构思却十分成熟。

"结局我已经知道了。"二姐满脸得意，接过话头说了下去，"肯定是这样的——"

"老博士同那位女士分别之后，天上就下起了滂沱大雨。这天气又闷又热，显然是会下暴雨的。街上散步的人们好像小蜘蛛一样，哗啦一下就四散开去，不知消失到何处去了。仿佛妖精一样，刚才还那么多人，片刻之间，街头巷尾就冷清了下来。新宿的大街上，只剩下飞溅的白色雨点。老博士缩着肩膀，在一间花店的屋檐下躲雨。他时不时地从袖子里取出先前的那个手绢，看一看，然后又慌慌张张地把手绢塞回去。买束花吧，他心想。要是给在家等他的老婆带点儿东西回去，她一定会很高兴的。买花这种事情，对于老博士来说，还是生平头一回。今天晚上有点儿不同以往，发生了那么多事情。先是广播，然后又是算命，前妻，狗和手绢。老博士终于下定决心，冲进了花店。之后又是惊慌失措，又是大汗淋漓的，虽是费了不少劲，但总算也买了三朵盛开的玫瑰。价钱之高，也让他颇为惊诧。好似逃跑一样，老博士连蹦带跳地奔出花店，跳上一辆一元出租车^①，就往家里猛赶。老博士位于郊外的家里，此时已经明晃晃地亮起了电灯。温馨美好的家，事事都十分如意，总是给予老博士温暖的慰藉。"

"我回来啦！"他一进门，就中气十足地大喊了一声。家中非常安静，没有任何声响。老博士也没管那么多，拿着那束花就径直上了二楼，走进里面那间六铺席的书斋。

"我回来啦！哎呀，被雨淋啦，真不巧啊。怎么样？这是玫瑰花啊。哎呀，一切都好，一切都如我所愿。"

---

① 日本出租车的旧称。大正末期至昭和初期出现在东京和大阪街头，因市内车费均为一日元而得名。——译者注

116

他正对着桌上的一张照片说话。照片里正是之前同他彻彻底底分手的那位女士。不过，照片里的她要比现在年轻十岁，脸上满是甜美的微笑。

"姑且就这样吧。"话音未落，这位自恋狂又装模作样地用食指支起了她的脸蛋，望着在座的所有人。"

"嗯，大概就这样，"大哥像煞有介事似的说，"故事讲到这里也就差不多了，不过——"比起他的弟弟妹妹来，大哥的想象力没有那么丰富，讲起故事来也没有那么得心应手，人也没什么才能。因此，他自然是常常遭到弟弟妹妹的轻视。不过，作为大哥，他还是要想方设法维系一下自己的威望。所以在最后，他总要画蛇添足地添一笔。"不过嘛，你们有一个很重要的地方落下了没说，那就是这位博士的相貌。"其实并不是什么了不得的事情。"描述相貌，对于讲故事来说是非常重要的。通过描述相貌，故事主人公从而获得肉体感，而听众也会因此而联想到某位近亲或朋友的脸。因此，他们与故事得以亲近起来，这个故事对于他们，就不再是件旁人的事了。就我看来嘛，这个老博士啊，身高五尺二寸，体重十三贯不满，是个个子十分小的男人。相貌嘛，额头高且宽，眉毛稀稀拉拉。鼻子很小，嘴巴却很大，而且还绷得紧紧的。眉心有皱纹，戴个银框的老式眼镜，脸上长着一簇簇的白色络腮胡。啊，还得是个圆脸。"然而这副相貌却不是别人，正是大哥所尊敬的那位易卜生先生的长相。大哥的想象力也就这么回事儿了，果然还是画蛇添足。

如此一来，这故事就算完成了。而这故事完成的那一刹那，他们也感到更加无聊，感到一种短暂兴奋过去之后的、难以应付的荒凉和倦怠。兄弟姐妹五人都没有说话，全场陷入一种险恶的尴尬氛围之中。好像只要有人开口，所有人就要立刻吵起来一样。

母亲坐在旁边，听着兄弟姐妹五人带有各自性格色彩的叙述，脸上自始至终挂着慈祥的微笑。她正听得出神，突然悄悄地站了起来，打开了纸拉门，脸色也变了样，道：

"哎呀，家门口站着一个穿着礼服大衣的奇怪老头儿呢！"

五人大吃一惊，赶忙站起来看。

而母亲此时早已笑得直不起腰了。

昭和十四年（1939 年）五月

火
鸟

序　篇

记述了女演员高野幸代在成为女演员之前的故事。

　　这是以前的故事了。须须木乙彦走进一家旧衣店，问道：
"你们这有纯黑色的和服外套吗？"

　　"哔叽料的有。"昭和五年的十月二十日，东京行道树的叶
子，正随风四散。

　　"现在还穿哔叽料子，会不会很奇怪？"

　　"虽说是越来越冷了，但如果是纯黑色的话，倒也并不
奇怪。"

　　"好的，让我看看吧。"

　　"是您穿吗？"他的学生帽戴在后脑勺上，学生服的袖口
已经破烂不堪。

"嗯。"他接过店家递过来的和服外套，立刻就套在了那件学生服外面，"是不是有点短？"他身高大约五尺七寸，是个身材瘦长的大学生。

"哔叽和服外套的话，反倒是短一点比较好。"

"好看？多少钱？"

买好外套之后，一身行头就算置办齐了。几小时后，须须木乙彦身穿一件鼠色细条纹夹衣，外套一件纯黑哔叽外套，站在了内幸町的帝国饭店门前。他推开门，走进饭店。

"可以开一间房吗？"

"好，您要住宿吗？"

"对。"

他订了两晚上的带浴室的单人床房间。身上只带了一把藤手杖。一走进房间，他就立即打开了窗户。窗外是后院，有一座烟囱，大得像是火葬场用的那种。外面是阴天，能看见省线铁路的高架桥。

他背对着服务生，眼睛望着窗外，说道：

"我要咖啡，然后还有——"说到这里，他停顿了一会儿，突然又转过身对服务生说，"算了吧，我去外面吃。"

"还有，"乙彦又叫住服务生："我住两晚，请多关照。"他拿出一张十元纸币，塞到服务生的手里。

"咦？"服务生四十来岁，背虽有些驼，人却颇有些气质。

乙彦笑着说："请多关照。"

"谢谢。"服务生鞠躬行礼，面具般端正的脸上闪过一丝殷勤的笑容。

乙彦就这么出门了。他拄着手杖，朝日比谷那边慢慢地溜达。此时已是黄昏，天气稍稍有点冷，还没穿顺脚的毛毡鞋，走起路来有些吃力。日比谷。数寄屋桥。尾张町。

现在，他拖拖拉拉地拽着手杖，正走在银座的街上。他什么也没看，目光只是一个劲愣愣地盯在地平线上，摇摇晃晃地走着。他漫无目的地闲逛着，好像风中的落叶，就这么摇摇晃晃地走进了资生堂。资生堂里已经亮了灯，也稍微暖和一些。他点了一杯热咖啡，慢慢悠悠地啜饮，又吃了两片三明治。吃完喝完，他就从资生堂里出来了。

天已经黑了。

这回，他把手杖搭在了肩上，依旧无所事事地闲逛。走着走着就走到了一家酒吧门口。

"欢迎光临。"

他在角落的沙发里坐了下来，深深地叹了口气，双手捂住了脸，之后又挺直身板，抬起脸：

"威士忌。"他的声音很小，仿佛自言自语，说完还微微笑了笑。

"威士忌？"

"哪种都行，普通的就可以。"

连喝了六杯。

"酒量真好呀。"

女人们来了，坐在他的两侧。

"是吗？"

乙彦的脸色有些发白，可他什么也没说。

旁边的女人们也有些无所适从。

"我要回去了，结账。"

"等等。"左手边的短发女子，轻轻地按住了乙彦的膝盖。

"我得走啦，要下雨了。"

"下雨。"

"是啊。"

刚刚认识的陌生男女，却能跨越一切的戒备、羞怯和阻隔，朦朦胧胧地说上话。这种不可思议的瞬间在这个世界上是存在的。

"不要走啊。我要是穿着这个衬领出去，一定会下雨的。"

目光扫过，是件浅黄色绉绸的衬领。上面用银线绣了雁阵花纹的芒草，整件衬领的式样颇为古色古香。

"天气不好啊。"一阵短暂的沉默之后，对话又再度恢复。

"是啊。穿着这双鞋，不好走吧。"

"行，那就喝吧。"

那天晚上，两人一块儿回了帝国饭店。早上，中年服务生悄悄地进来了，刚一进来，他就吃了一惊，站在原地，之后，脸上又浮现出了和蔼可亲的微笑。

乙彦也微微一笑。

"洗澡吗？"

"请随意。"

洗完澡后，高野幸代的脸现出健康的小麦色。乙彦正在打电话。只听他对电话里的人说，让对方赶紧过来。

没过多久，门就被猛地一下推开了。一个身穿西服的青年走了进来。他脸上的笑容十分明朗，好像一朵花一样瞬间点亮了整个房间。

"乙彦哥，你真是个笨蛋。"看见幸代之后，他又打了声招呼，"你好啊。"

"东西呢？"

"啊，带来了。"说着，他从西服的衬中口袋里拿出一个黑色的盒子，"全喝了可是会死的。"

"因为我睡不着嘛。"乙彦笑了，笑得十分丑陋。

"其实更好的药也有。"

"今天休息。"这个青年在某大学医学部的研究室工作，"不出去逛逛吗？"

青年同幸代一笑。

"行啊，反正我也没事。"

三人出了旅馆，找了辆车，去了浅草，看一出歌舞剧。乙彦一个人坐在离两人稍远一点儿的位置。

"喂，"幸代小声问那青年，"他是不是从来都这样不爱说话的。"

青年开朗地笑了，说："也不是，只是今天比较特别。"

"不过嘛，我挺喜欢的。"

青年的脸红了。

"小说家？"

"不是。"

"画家？"

"不是。"

"哦。"幸代好似自言自语。她拢了拢围巾，把下巴埋了进去。

看完剧，三人走了出来，又走进一家烤鸡肉馆子。三人围着桌子，在静悄悄的座位上坐下，喝起了酒。此时的三人好似歃血为盟的结拜兄弟。

"我就要上路了。"乙彦对青年说。他的口吻十分温柔，就连一旁的幸代听了，也不禁哎呀一声。"可不要再跟我耍小脾气了。你是必定要出世的人。孝敬父母本身就可算得上一项了不起的人生目标。人做不了那么多事，不能同时又做这个又做那个。只要忍辱负重，谨小慎微，人间也自有真情。这话你是不能不信的。"

"好，那就这样，再见了。"青年那漂亮的脸庞已经浮现出了咧嘴欲哭的表情，"这种感觉真是奇怪啊。"

"嗯。"乙彦也不置可否地晃了晃脑袋，"就这样吧。可别学我做这样的事情。你应当更加珍视自己，你也值得自己这么做。"

十九岁的幸代，恭恭敬敬地给青年斟了满满一杯酒。

"那你就去吧，我们就此分别吧。"

在那家小吃店的门前，他们分别了。青年双手插在裤兜里，孤身站在萧索的秋风中目送着两人的背影。

两人也到了分别的时刻。

"你要死了。"

"才知道吗？"乙彦幽幽地笑了。

"嗯。我啊，真是不幸啊。"好不容易才遇见他的啊，幸代心里想。可如今，这个人却已不在此岸了。

"我说几句无聊的话可以吗？"

"说吧。"

"你为我活着好不好？要我做什么都可以，多少苦我都能受得住。"

"不好。"

"哦。"那就同他一起死，至少窥见了一夜的幸福。

"我说了些蠢话。你是不是瞧不起我？"

"我尊敬你。"乙彦慢慢地回答，他的眼睛里闪着泪光。

当天夜里，他们俩在帝国饭店的房间里喝下了药。两人并排着端端正正地坐在沙发上，身体一点点变冷。深夜，中年服务生发现了他们，并察觉到了其中的端倪。他忍住恐慌，镇静地走出房间，偷偷摇醒了饭店经理。整个饭店都在寂静中沉睡，而一切却都在悄悄地进行。须须木乙彦完全断了气。

女人活了下来。

☆　　☆　　☆

高野幸代出生于奥羽山中，祖先优秀的血液在她的身体中流淌。她的曾祖父是医生，祖父是白虎队的一员[1]，去世的时候还很年轻。之后，他的妹妹[2]继承了家业，就是幸代的母亲，一个气质高雅却面无表情的女人。她招了个女婿，是山那边八里地之外的邻镇酿酒厂家的次子，在女校当绘画老师。他

---

[1]　白虎队是会津之战时属旧幕府势力之会津藩组织，由15岁至17岁(或16岁至17岁)少年武士组成的军队。因战败而于饭盛山集体切腹自杀。其他还有玄武队、朱雀队、青龙队。——译者注
[2]　此处疑为作者笔误，应该是"女儿"。——译者注

是个身心皆疲弱的家伙。高野家里多少有些土地，所以即便他不在女校当老师，日子也能过得下去。他时常带着狗，背着枪，在山中漫步。他想画出好的画作，想成为一个好画家。这股强烈的渴望让他心焦如焚，可因为性格怯懦，他一直都没敢说。

高野幸代就在这片山音与谷雾之中长大。她十分喜欢在山谷中的雾气中漫步。她觉得，在海底漫步，一定也是如此。幸代小学毕业时，她的父亲又在邻镇的女校复职了。这次是为了给幸代挣学费。而幸代也通过了那所女校的录取考试。一开始，她同父亲一道，寄宿在父亲那边的家里，每天早上和父亲一起去学校。后来父亲家的人有了意见，说他作为一个先生，每天和女儿一起上学有失体统。父亲性格懦弱，不敢违抗。于是幸代就住到女校的宿舍去了。她的母亲，则依旧一个人留在奥羽山的家中生活。女学生们管幸代的父亲叫"瓜"，对他并不是十分尊重。他们管幸代叫"茄子"，因为瓜蔓能生出茄子来①。事实上，幸代的肤色很黑，她自己也觉得自己长得不好看。因为我长得丑，所以我就更要认真刻苦，全力以赴，更要把事情做好。因此，她拼了命地用功，在班里也总是班长。除了绘画之外，所有的科目都是九十分以上。绘画六十分，也有

---

① 日本有一句谚语："瓜の蔓に茄子はならぬ。"意为瓜蔓生不出茄子，此处讽刺，取反意。——译者注

一次拿了七十三分。是她那懦弱的父亲给她打的分。

幸代四年级那年的秋天，父亲给她的波斯菊写生稿打了一个罕见的"优"。幸代感到十分不可思议。她翻过画纸一看，只见角落里有一行小字，是父亲的笔迹，写着：女人应该温柔善良，人类不应该欺负弱小。幸代看后，心中默默称是。

从那之后，父亲就好像消失了一样不见了。有人说他是跑到东京去学画了，也有人说他和母亲之间发生了什么事，也有人说是父亲的家里和母亲之间发生了什么，还有人说这位绘画老师又找了一个女人。各种各样的流言，就这样叽叽喳喳地传进幸代的耳中。没过多久，母亲就自杀了。她用父亲的猎枪照着自己的喉咙开了一枪，当场就死了，伤口就像一个剥开的石榴。

只剩下幸代一个人了。幸代的人身和财产庇护，由父亲家那边应承了下来。于是，她搬出了女校的宿舍，又重新回到了父亲家。而就在这时，幸代的蜕变也开始了。

对于一个只有十七岁的少女来说，这是件不可思议的事情。

从学校回来的路上，她忽然就在车站那儿停了下来。接着，她买了去上野的车票，就这么坐上了火车，连身上的水兵服都没有换。东京正在等着幸代。到了东京，迎接她的是面带冷笑的拥挤人群。她好像一张擦过鼻涕的纸一样，被人扔了出去，滚落在地。她在东京生活了两年，过得筋疲力尽，心中已下了寻死的决心。她戴上了母亲的遗物——那条十分古旧的衬领，就这么无所顾忌地出了门。而就在这最后时刻，她遇上了须须木乙彦。

她迷迷糊糊刚刚有了意识的时候，感谢自己好像正被一只男人的手臂紧紧地搂在怀里。那条手臂使劲地搂着，让她不由得想哇哇地放声大哭。而那男人似乎也在隐隐约约地啜泣，他说着："就算只有你自己，也要坚强地活下去。"究竟是谁，却分辨不清。难道是父亲？抑或是在浅草同她分别的那个青年？一切都像是雾中风景。等她彻底清醒过来，才发现身在医院里。

"就算只有你自己，也要坚强地活下去。"此刻，那声音又突然回荡在耳边了。啊，他想必已经死了。她想了想，之后又冷冷地独自点了点头。自身的不幸，依旧像一块了无生机的铁一般黏在眼前。总是我，每次都是这样。她平静了下来，一股自我厌恶之感油然而生。

没过多久，她就察觉到了门外那两个身着警服的，正在看守着她的警官。现在该怎么办？一种不祥的预感让她脊背发凉。而就在这时，六位身穿西服的绅士一拥而入，走进了幸代的病房。

"须须木好像在饭店打过电话？"

"嗯。"她回答，脸上是悲伤的微笑。

"他给谁打的电话，你知道吗？"

她点了点头。

"是谁？"

"是个年轻人。"

"叫什么名字？"

"不知道。"

绅士们的窃窃私语回荡在整个病房之中。

"那好吧，现在立即跟我们去一趟警察局吧，你也不是不能走路。"

她被带上了车。透过车窗，她眺望着窗外的街道。街上的行人仿佛受冻了一般，都缩着肩膀，急匆匆地走着。她心想：啊，还有这么多的人正在活着。

他们把她关进了拘留所，就这么关了她三天。第四天早晨，他们把她叫到了审讯室。

"哎，你什么都不知道啊，也是蠢得可以。好了，你可以回去了。"

"是。"

"回去吧，今后注意着点儿，可得好好生活啊。"

她摇摇晃晃地走出审讯室，发现那个青年正站在幽暗的走廊中。

幸代微微笑了一笑，然后眼泪就流出来。她一头扑在了青年的怀里。

"我们走吧。具体是怎么回事，我也不知道。"

是他。昏迷时那模模糊糊的记忆又苏醒过来了。那时就是他紧紧地抱着我。她点了点头，才从青年的怀里抽出身来。

走出屋外，阳光十分耀眼。两人都没说话，只是沿着运河走着。

"怎么说才好呢？"青年点了一支烟，轻轻地摇着头。

"总之很吃惊。"他明显地兴奋了起来。

"对不起。"

"不，并不是说这件事。这件事确实是很糟糕的。不过，乙彦哥的事情，啊，不是，是须须木先生的事情，就连你也是一无所知？"

"我知道的。"

"啊？"

"他去世了。"话音未落，眼泪就已经落了下来。

"不是说这个。"青年的语气变得严肃起来，他直盯着幸代的脸，"这对我来说，哦不，即使是对你来说，也是一次非常严重的打击。"他扔掉烟，"可比起这件事来，还有其他的——须须木先生好像还做了很严重的事情。他和你的事情，报纸都还没登。据说是禁止报道了。你的事情还有我的事情，警察正在详细调查。我可是遭了殃了，被严厉地讯问了一通。你还好，也只是两天前才认识的他。我呢，我和须须木先生是亲戚，从

136

小就一起玩儿的。我很喜欢乙彦哥，"说到这里，他停了下来。呜咽像一阵强风涌了上来，他好不容易才勉强吞了下去。"现在，他们认为我们什么也不知道，才暂时把我们放了出来。只是暂时的，今后要是有什么事，随时会把我们叫过去的。你也要做好心理准备。你现在身体还没有完全恢复，我也是有责任的，要为你的个人安全担保。"

"对不起。"她再次道歉，声音有气无力。

"没事。我倒没什么。"青年一边东拉西扯，一边又想起了这一周来他尝过的种种苦头，不免多多少少有点儿不高兴。"那你呢，接下来怎么办？去我那儿吗？还是——"

两人此时已经走到了帝国剧院前。

"我回入舟町。"在入舟町，幸代租了理发匠二楼的一个房间。

"啊，是吗？"青年换了一副公事公办的口吻。

他越发不高兴了，说："我送你吧。"

他叫了一辆汽车，两人上了车。

"你一个人住吗？"

幸代没有回答。

面对青年这番漫不经心的问话，她感到一种异样的屈辱。悔恨同分别的眼泪一下就涌了出来。尽管如此，她的嘴角依然挂着一抹惨淡的微笑：他真的一点儿也不明白。这个小少爷啊，

137

什么都不懂。他一点儿也不明白我们的生活是多么悲惨辛酸。她心里这么想，微笑就这么凝固在脸上，眼看着就变成了恶鬼般的笑容。

☆　　☆　　☆

男人要多少就有多少——她想要这么回答。她为自己的丑陋容貌而感到自卑，却总被别人夸奖长得漂亮，这样的女人真是悲惨。为风声鹤唳所威逼恫吓，一生都不得不持续地与一种滑稽的罪恶感缠斗。高野幸代并非美貌，可男人却为她痴狂，要从肉体上制服这个纯粹精神的女人，这个只存在于宗教中的女人。恶魔就这样屡屡不停地对男人们耳语，把他们变成了白痴。在当时的东京，人们剥去蒙娜丽莎的衣服，寻思着政冈的丈夫，还有圣女贞德和樋口一叶。好色之徒们乐此不疲地将一切都处理成女人的肉体，这种嗜好在一些男人之间十分盛行。这种极限的情欲，难道不就是所谓的虚无吗？而在这虚无之中，是没有深刻浅薄之分的。它断然只有一个性质，断然是浅薄的。在幸代周围，聚集了好大一群男人。在那些青白色的蚜虫圆阵的最中心，一个女人仿若正午的阳光一般盛放，以一股近乎愚蠢的正直，为了梦想而努力生活。她是悲惨的。

"你怎么想？人都是一样的，对不对？"她沉吟半晌后说道，"可是只有我和其他人不一样。"

"心理上不一样，还是体质不一样？"年轻的医学研究生严肃而郑重地反问，好像在应付学校的测验。

"不是。是我讨人厌，我有点装腔作势。"她尖声笑了，好像并不是那个刚刚才流过眼泪的人。她的牙齿像冰一样闪闪发光，很漂亮。

过了那座桥，就是入舟町了。

"不去看看吗？"啊，我是这间酒吧的女服务生。

进了屋，只见善光寺助七正盘腿坐在房间最中央。他同青年打了照面，立刻谄媚地笑了起来："你也很吃惊吧？就连我都吓傻了。幸代总是这样，不声不响地弄出这么大的事情，因此身体才会虚弱吧。消息一传到社里，我立刻就上医院去了，那里就只有那个医生在哇哇哇地哭。完全搞不清楚状况。你知道吗？就在这段时间里，警察已经禁止报道了。这个须须木乙彦可不仅仅是一个小偷小摸的家伙，他是个黑色恐怖分子①，袭击过银行的。"

站在房间角落里的青年一脸怃然："此话当真？"说话时，他的脸色发青。

---

① 黑色恐怖是恐怖主义的一种。主要指代无政府主义者的恐怖活动。1936 年 5 月 24 日的《东京朝日新闻》报道中曾用过这一词。——译者注

"我觉得五六天之后这件事应该就会解禁了。"善光寺在报社工作。

幸代悄悄地拉开了窗户的帘子。啊,在医院的时候,我曾在这个善光寺助七的臂弯里流过眼泪。

"你什么时候来的?"冷峻的语调。

"我吗?"他的圆脸好似已经过世的大仓喜八郎[①],唰地一下就红了,像个小孩子一样扭扭捏捏地说,"就刚刚来的,真的。今天早上一大早我就给警察局打电话,听说你们出来了。所以我想着先来这里看看吧。楼下的大婶可担心了,她跟我说了很多,说家里没人,可警察却来了又来,又翻又找的。来,你们先请坐。"他悄悄抬头看了看幸代的笑脸,又说,"太好了,你总算是没事——"说着,他的眼泪就流出来了。

幸代把一只手撑在桌上,整个人好似垮塌一般坐了下来——

"也说不上好吧。有没有烟?我一看见你的脸,就突然想抽烟了。"

"有你这么说话的吗?"话虽如此,助七的态度却依旧恭敬至极。

---

① 大仓喜八郎(1837—1928)实业家,大仓财阀的创办者。明治和大正时期组织大仓商会和进出口公司。晚年热心于公共事业和教育事业,与同为实业家的涩泽荣一等人一起创建了鹿鸣馆、帝国宾馆、帝国剧场等。——译者注

"那我就先回去了。"青年从一开始就轻轻地靠着拉门站着。

"是吗？"幸代茫然若失地抬头望向青年，呼地吐了一口烟。

"还请你多保重。对于你，我是有责任的。也算是为了须须木先生，请你振作起来。我是相信乙彦哥的，不管出什么事，我都支持乙彦哥。那就再见了，我还会再来看你的。"

"好，今天真是谢谢你了。"口吻轻佻。她埋下头去，默默地咬着下嘴唇。

也没起身去送，她就这么埋着头，一动不动。青年下楼的脚步声越来越小，渐渐地听不见了。这时，她忽然抬起头来说："助七，我就跟你在一起了，不管发生什么都不分离。"

"算了吧。"助七的脸变得罕有的严肃，"我可没有那么蠢。"他猛地站起来，下楼去追青年去了。

"喂，喂！"在新富座前，总算追到了，"我有话要跟你说。"

青年回过头来。

"我并不讨厌你，我其实挺喜欢你的。"

"行了，可别说这种话。"青年冷笑道。只见他站在行道树下，双腿修长，身影如画一般漂亮，人也更显得诚实正派。是个好青年，助七心想。"我只是有些话想和你说，只耽误你一小会儿。咱俩能找个地方说说话吗？我，我——"他欲言又止，吞吞吐吐，"我挺喜欢你的。"

二人走进了一家叫作三好野的小吃店。

"这个须须木乙彦，是您的亲戚吗？"助七一会儿称"你"，一会儿又称"您"，叫得完全没有章法。

"是我表亲。"青年正吸溜吸溜地喝着热牛奶。从早上到现在，他还什么都没有吃。

"是个怎样的人呢？"这次问得很认真诚恳。

"是我的，是我们的——"青年一下子说不上来。

"英雄吗？"助七苦笑道。

"不，是我们的爱人，是生命的食粮。"

这番话打动了助七。

"啊，那就好。"他出身贫寒，十年来他从没听人说过这般纯粹的话语。"我从十七岁开始就出来给人干活儿，今年已经二十八岁了。而我学会的只有猜疑。你们，真好啊。"说到这里，他不禁语塞。

"我们是有点爱摆姿态。"青年的左眼因睡眠不足而充血，"可是，姿态的深处有生命。他那种冷漠的姿态，其实是最高的爱情。我每次见到须须木先生，都会有这样的感觉。"

"生命的食粮，我也有。"

他低声说，眼睛盯着青年的脸，眼神里有股异常的亲切。

"我知道。"

"一言难尽。我本一介贱民①。充其量不过是一具走肉而已——"话还没说完，他就突然住了口，之后又猛地探出上半身，问道，"那个女人，你觉得怎么样？"

"我觉得她很可怜。"青年敞亮地回答，好像事先就准备好了一样。

"仅此而已吗？喏，这话也就咱俩之间说说，你没有感觉到什么奇妙的东西吗？"

青年的脸红了。

"你看看。"助七冷冷地笑了，下嘴唇嗷了起来，"果然不出所料。不过你还好，也就是一天。我啊，折腾来折腾去的，都已经一年了。三百六十五天啊。没错，我的痛苦是你的三百六十五倍，就为了她。不过错不在她，因为她什么都不知道。错只错在我身体里流着卑贱的血。你就笑话我吧。我真想拿下她，她的每一寸肉体，都让我魂牵梦绕。就这么回事儿。她一直都瞧不起我，讨厌我。可我有我的念想，我迟早要让她给我生个孩子，让她给我生一个玉一般的女孩子。怎么样？不，不是报复。我可不会有这般小气的想法。这就是我的爱情。这才是爱的最高表现。啊，光是想想这件事，我就肝胆俱裂，欣喜若狂。我们这种贱民说的东西，你明白的吧？"他絮

---

① 日本封建等级制度中最下层的身份，如古代的家人、奴婢、中世的所从、下人、江户的秽多、非人等。——译者注

叨个不停，嘴唇的颜色也变了，嘴角还泛起了白沫，脸看上去甚至有点凶恶了。"须须木乙彦这件事，就原谅她了。就只原谅这一次。我自己都明白，自己一直被当成一个傻瓜。非常生气，怒不可遏，这就是我的实际感受。可我就是无可救药地喜欢她，喜欢这个傲慢的女人，喜欢这个瞧不起我的女人。她像蝴蝶那样美。这恐怕就是因缘果报吧。傲慢就傲慢，多傲慢都无所谓。怎么样？今后也去找她玩吧？算是我拜托你。不是因为贱，是我本来就喜欢高尚的人。我赞美他们。你很好的，一表人才。讥讽也好厌恶也罢，都无所谓。她跟你这样的好人一起老老实实地交往，没问题的。她一定会变得更加纤弱，更加的美。"鱼肉和唾沫滴到了桌上。助七见了，连忙伸手抹掉。"请你让她变得更美，请你让她成为一个了不起的女人，让她成为一个我再也够不着的女人吧，拜托了。她需要你，绝对的。我的直觉不会错。他妈的，我也是有尊严的。掉到地上的柿子，我是不吃的。"

青年感到一阵难以忍受的阴郁。

☆　　☆　　☆

幸代又一次上了火车。须须木乙彦的事情上了报纸，幸代

145

被当成他的情妇，照片也一并被登载在了报纸上。老家的伯父也终于来了东京，警方也介入了。这么一来，幸代不得不跟着伯父一起回老家。换句话说，是她已穷困潦倒了。三年了，故乡的山川河流，依然是刻骨铭心的记忆。

"伯父，求求你了。我今后会老实听话，也必须老实听话了，所以还请您不要责骂我。我不想让镇子里的朋友或者任何人认出我来。请您找个地方，把我藏起来吧，好不好？我一定老老实实地，听您的话。"

幸代在火车里不停地恳求着，像个十二三岁的小女孩儿一样。在亲戚之中，只有这个伯父怜惜幸代，他答应了。两人在老家车站的前两站悄摸地下了车，乘上马车，摇摇晃晃地沿着蜿蜒曲折的山路从那个山间小站往回走。约莫走了二十分钟，他们到了山谷间的温泉浴场。

"就先暂且住这里吧，行吗？我也没什么要说的了。家里的那些家伙，我去跟他们说就好了。你呀，明年就满二十岁了。先在这好好疗养一下，考虑考虑以后的事情吧。有没有想过你家的先辈？你家的门第十分显赫，可不是我们家能够比得了的。你若是轻生，高野家的命脉就彻底断了。你身上流着高野家的血，要好好活下去，知道吗？就剩下你一个人了。你的家系，是马虎不得的事情，一定要认真对待。如今你断了很多念想，变得更加谦逊。你肯定明白，家系会给予你多大的生活

146

动力。你难道不想重振高野家吗？自爱自重，这就是我对你的要求。而且重振高野家不也是你宝贵的义务吗？多的不敢说，你再创家业所需的财产，我那里还给你保管得好好的。你在东京这两年的经历，对你今后的生活说不定也有好处。过去的事情就忘掉吧。这么说可能有点强人所难。但谁不是如此呢？背负着不能触碰的伤痛，却要默默忍耐，装出一副什么都不知道的样子继续生活。我的看法就是这样。先暂且静静地在这住下。不要试图用刺激来治疗痛苦，虽然耗费的时间很长，但是自然疗法其实是最好的。忍耐一下，先在这儿住一小段时间吧。我也要走了，必须回家跟大家汇报情况了。我尽量把事情往好了说，你就不用担心了。我就不留钱给你了，要是想买什么东西，直接去跟店家说就好，我已经跟店里的人吩咐过了。"

幸代一个人留了下来。她拿着提灯，一边数着"一二三"一边从三百多级的石阶往下走，好不容易才走到了山谷间的露天温泉。放下提灯，立刻就看见了旁边汩汩流淌着的白色水浪。一座古旧的水车也朦朦胧胧地在眼前浮现。累了，便静悄悄地把身体浸入浴盆之中，竟像个傻瓜一样感到心旷神怡。痛苦，屈辱，焦躁，一切都在瞬间黯淡下去了。遭遇了这般耻辱的境遇，如今不知怎么的，竟像个傻瓜一样感到出神，游离而又心旷神怡。这或可算作我的溃败吧。人有时候就是这样，即便跌入痛苦的深渊，也会感到心旷神怡。这样不也挺好吗？水车正一点点地转动着它那看似沉重的身躯，一丛野菊花正在提灯的周围轻轻摇曳。

筋疲力尽，仿佛就要这样融化掉了。幸代又拾起提灯，沿着石阶一级一级地往上走回房间。旅馆很大，漆黑而漫长的走廊上排列着十几间房间。几处房间的纸隔门朦朦胧胧地发着亮光，只有这些是有客人住的。第一间屋是黑的，第二间屋也是黑的，第三间屋是亮的，纸隔门被轻快地打开了。

"小幸。"

"是谁？"被吓得一下子没了力气。

"哈哈，果然是你。是我啊，三木朝太郎。"

"历史性的！"

"对，亏你还记得啊！来，快进来。"三木朝太郎三十一岁。他的头发虽然稀疏，可干的活计却颇为浮夸，是个多少有点儿名气的剧作家。

"吓了一跳吧。"

"历史性的吗？"

三木朝太郎哭笑不得。"历史性的"其实是他醉酒时的口头禅，因此银座酒吧的女孩儿们都叫他"历史性先生"。

"确实是历史性的。来，请坐吧。喝点儿啤酒吗？有点儿冷啊，不过你刚刚洗完澡，就喝一杯吧。"

历史性先生的房间里，到处都散落着稿纸。书桌旁边，并排放着五六个啤酒瓶。

"就这个样子，我一个人喝酒，一点一点地写，可怎么都不行。我感觉任何一个家伙都要比我写得好。完蛋啦！我已经江郎才尽了。这东西我不写完就不能回东京。我已经在这山中旅馆闭关十多天，只落得个七颠八倒，辗转反侧。方才听女佣说你来了，我整个人都愣住了，心跳都突然停止了。这不是在做梦吧？"

他温柔地看着幸代娇小的身影，她正默默地坐在桌子对面。

"你看，我净说些蠢话。这才是历史性的。真是难为情，光是心里扑通扑通跳，却不敢有任何实际行动。"他目光下垂，独自倒了啤酒，独自喝了下去。

"请你自信一点。我很高兴，高兴得想哭呢。"说的是心里话。

"明白，明白。"历史性先生有点受宠若惊，"苦是苦，不过也挺好。好吧，好吧。我都知道了，大家其实也都知道了。这次的事情，我一点也不感到吃惊。你就是这样的人，这是你的劫数，你不得不渡过去。因为你的爱情是深不见底的。不对，应该说是感受性的。这倒让我稍稍有些讶异。我这个人，但凡是女人，总能想办法应对敷衍，而且也总能做得恰到好处。可唯独对你，我却做不到。这点你是知道的，所以不可掉以轻心。为什么呢？因为这样的例外，恐怕是不会有了。"

149

"不是的，"幸代喝下推过来的杯子里的啤酒。"女人都是聪明伶俐的，这点我是明白的。我明白得很透彻。待人接物，举止得当什么的，我都知道。可明明知道，却要装作不知道的样子，像一只雌性的野兽一样伪装。女人正是在这一点上占了便宜。因为男人总是直肠子。女人们明明什么都看得见，男人们却还是想要欺骗她们。狗的爪子是藏不住的。有一次，具体是什么时候来着？是一个秋天的深夜里吧，我在新桥站的站台等电车。一只非常聪明的狗，应该是叫猎狐犬吧，从我面前跑过去。我看着那条小狗，眼泪都流出来了。嗒嗒嗒的，能听得见的，是它跑步时的声音。我当时就想，狗的爪子是藏不住的啊。我当时就觉得，狗的正直真是让人怜爱，男人就是这样。可我还是感到十分难过，所以哭了。喝醉啦！我真是个笨蛋啊！我为什么就这么偏袒男人呢？因为我觉得男人很弱啊。我甚至想，如果我可以分身，那我就要分出千百个分身，去庇护很多很多的男人。男人只知道装模作样，很可怜。我觉得女人真正的本质性的东西，其实反倒是存在于女人庇护男人时的那种坚强之中。虽然我爸爸没教过我女人要温柔，可女人的温柔——"正说着，她突然像只受惊的小鹿一样，抬起头来仔细听着。

"好像有人来了。我先躲一躲，一会儿就好。"她咧嘴笑了笑，打开了身后的壁橱拉门，也没站起来，就这么蹭进去了。

"好了好了，你工作吧。"

"好吧，你这算是女人的伪装吗？"历史性先生的笑容，看上去果然十分聪明。"听脚步声，不是往这边走的。好啦，出来吧，太不像话了。你不想好好说会儿话吗？"他自己又重新坐得端端正正了。他是个身材瘦小的男子，一双大大的眼睛藏在金属框架眼镜之后。他的鼻梁很高，为整张脸添上了一层高贵典雅的阴影。整个人有一种颇有教养的气质。

"你有钱吗？"幸代愣愣地站在壁橱前，低声问道，"我已经厌烦了。跟你在这儿说话，说得我开始怀念东京了，要死一样地怀念东京。都是你的不好。我的爱情啊，将我来回摆布，弄得我都不记得那些美好的滋味了。不幸，污秽，无力，这些记忆一下子全都涌上来了。东京真好啊！那里有比我更不幸，更屈辱的人。他们从不互相说教，只是笑着生活。我才十九岁，在这断了念想的自我之中，我是怎样都无法冷漠地生活下去了。"

"你想逃吗？"

"可我没钱。"

三木露出一丝卑微的笑容，接着低下头思考起来，一副好像要永远思考下去的样子。突然，他又抬起了头，道：

"送你十元。"他的语气近乎愤怒。"你真是个笨蛋！一直以来我都那么爱你，你却不明白。仅仅是一点儿脚步声就把你吓成这样，还要偷偷摸摸地躲到柜子里去。这副凄惨相，我真是看不下去了。我现在若是给你钱，大概就成了干干脆脆的背德者了。可这是我的纯粹冲动，我遵从这种冲动。会有什么后果我不知道，可能只有神才知道。生命皆有其权利，你想去就去吧。罪责不在我们。"

"谢谢你。"她扑哧一声笑了，"你可真会说谎，这才是历史性的呢。那就对不住啦。那我先走了，再见。"

三木朝太郎苦涩地笑了。

☆　　☆　　☆

昭和六年的元旦，东京下雪了。天还没亮，就纷纷扬扬地下了起来，一直下到晌午。刚过晌午，户山原杂木林的树荫里，出现了有一个竖着衣领、没戴帽子的男人。他正一边抽烟，一边焦躁地来回踱步。很显然，那是善光寺助七。

这时，突然从小树丛的阴影里又走来一个穿披风外套的男人，是三木朝太郎。

"蠢货，都已经来了啊。"三木似乎有些醉意，"还真有干劲啊。"

助七没答话。他扔了烟，脱下外套。

"等等，等等！"三木皱起眉，"邋遢的家伙，你到底想把幸代怎样？如果只是叫我来这户山原动武，让我把你打成残疾，那么我可不想跟你打。"

助七什么也没说，直接动手开打。

"住手！"三木急忙躲开，"你脑子发昏了吧。你好好听我说，昨晚是我失礼了，说了些不该说的话。"

昨晚，他们在新宿的一间酒吧喝酒。他俩之前就认识。喝酒时，三木说漏了山间旅馆的事情，还稍微提到了幸代的肉体。之后二人就吵了起来。

"喂！幸代现在在哪儿？"

"不知道。"

"胡说，你这家伙把她藏起来了！"

"喂，你行了啊，真是不像话，心猿意马的。"

"好，那就动武吧，来户山原，把你打成残疾。"

三木也慌慌张张地应承了下来。分别时，两人约好了元旦正午动手。

"我知道幸代在哪儿。"或许是为了表现自己的镇定，三木拿出烟，擦燃火柴。雪原上拂过的风把火柴吹灭了两三次，他好不容易才把烟点上。"可这同我没有任何干系。她现在正拼命学习呢，在钻研学问。我觉得这样对她来说挺好的。她的身上只有泛滥的感性。要将这种感性整理联结，进而转化为行

153

动，我以为教养对此来说是十分必要的，智慧也是必要的。她需要一点智慧，像山中的湖水一样冷而清澈的智慧。若是没有这种智慧，她的行为就会失控。譬如说吧，她若是被你这样的男人缠住，就会无法动弹——"

"真不害臊，"助七冷笑道，"不要在我面前背今天早上才想出来的台词了。学问？教养？真不害臊！"

三木听罢，不由得心跳加快，面红耳赤。这家伙，怎么什么都知道。"讨厌的浑蛋。好，那我就跟你打。这是感觉式的憎恶，宿命式的排斥。不过，我还有最后一句话要问你，你究竟打算对幸代怎么样？"嘴上的烟已经灭了，他还一口接着一口地吸着。他的手指不住地发抖。

"一两句话跟你说不清楚。"这回反而是助七冷静了下来，"等我查明了她的住处，我会以我的方式慎重处理的，可以吗？只有我知道，那个女人没了我是不行的。你不过在那个山间旅馆跟她待了一晚，就跑来这跟我居功自傲，大声嚷嚷。可之后她不会再多看你一眼的，明白吗？她就是这样的女人。"

三木想也没想就点了点头。他说得一点儿没错。

"不过，"助七猛地迈出一步，"尽管只有一个晚上，我也不会饶了你。竟敢这样做，我真是无法忍受。"

"是吗？我明白了，那就来吧。我也受不了你了，自以为是的浑蛋！"他把烟甩手一扔，脱下披风外套，然后又脱下了披风外套里的和服外套。稍微想了想之后，又一圈圈地解开了兵儿带①，把里面的衣服也一并扯下来，只剩下汗衫和短衬裤。

"真是个可怜的家伙，只知道女人的肉体。你那邋遢气味都已经熏到我这里来了。跟你打起来肯定会弄脏我的衣服，到时候只怕是怎么洗都洗不干净，非常麻烦。"一边说，他一边把脱下来的高齿木屐放在一边，然后开始脱袜子。最后他把眼镜也摘了下来，"放马过来吧！"

只听得啪的一声，在雪原上回响，助七的右脸先挨了一下。间不容发地又是啪的一声，这次是左脸。这番意料之外的袭击，打得助七一个趔趄。他稳住身体，压下腰，伸开双手。当真扭打起来，对付这个家伙，助七还是有自信的。

"哟？怎么回事？这可不是什么乡下的业余相扑哦。"三木说着，踢了一脚雪，绕到了助七的左边，咣地一下往他的下巴那儿打去，可是他失败了。助七迅敏地抓住了三木打过来的拳头，之后便是一记漂亮的过肩摔。三木的身体轻轻地划过天空，扑通一下落在地上。

"浑蛋，动作还挺快嘛。"三木摔了一个屁股蹲儿，他就势

---

① 男人或小孩儿系用的整幅腰带。多用整幅纯白纺绸、绉绸、毛织品等，染成白色花纹做成。本源自萨摩青年男子所用的白色棉布腰带，明治以后十分普及。——译者注

155

用尽全力一脚向助七的小腹蹬去。

"嗯——"助七捂住自己的小腹。

三木踉踉跄跄地站了起来。这一回他瞄准了助七的眉间，嘭地一下用自己的头从正面撞了过去。胜负已定，助七像个大字一样仰天倒在雪地上，好半天没有动静。鼻孔里汩汩地流出鼻血，两个眼眶转眼间就红肿起来。

此时，一个女人正藏身在远处的一棵枹栎树的树荫里。她身穿一件颇有垂坠感的大红色外套，胸前紧紧地抱着一把蛇眼伞，提心吊胆地看着眼前这情景。她正是幸代。

幸代在那晚之后的第二天就上东京来了。她倒也没有专门花时间学习和钻研。之前同她一起在银座酒吧打工的一个朋友，如今在神田的一家舞厅上班。她便匆匆忙忙地寄居在这个朋友位于四谷的公寓里。她并没有手忙脚乱地去找工作，每天只是在家做些针线，帮着洗洗衣服，做饭时打打下手，似乎真的不想再到酒吧里当女服务员了。在这段时间里，三木朝太郎也从山间旅馆回来了。也不知道他从哪里打听到了幸代的住处，就跑过来意味深长地笑着问她怎么样，想不想当演员。幸代哎呀哎呀地笑着敷衍了他几句，也没当回事。尽管如此，三木却不死心，时常有事没事地过来一趟，扔下一两本斯特林堡或是契诃夫的戏剧集。这天一大早，三木就打电话过来跟她说了户山原的事情。她跟在舞厅上班的舞女朋友抱怨了一番，但到了中午，她还是冒着融雪的泥泞来到了户山原。此时，身穿汗衫的三木朝太郎正被助七的怪力扔出去，在天上划了一个回旋。幸代见了，一个人哈哈大笑起来。他俩好像两只小狗，在雪原上上蹿下跳地互相玩耍。一点儿都没有期待之中的那种决斗的凛冽氛围。两个男人也好像在一边打一边笑。幸代感到十分沮丧。没过多久，只见助七倒在了地上，三木则迟钝地骑在他身上朝他脸上乱打。立时便听见助七像杜鹃一样哀号起来。幸代轻快地从树荫里跳了出来，小跑几步来到三木的背后，把伞一扔，啪地打了一下三木的脸。

三木回过头来——

"什么呀，原来是你。"他温柔地笑了，赶紧站了起来，急急忙忙地开始穿衣服，"这个男人，你爱他吗？"

幸代猛地摇了摇头。

"那就行了。就请你赶紧收好自己那多愁善感的正义感吧，好不好？怜悯和爱情可不是一回事，理解和爱情也不是一回事。"说着，他已经穿戴整齐，摇身一变又成了平日里那个拿腔拿调的历史性先生，"回去吧。你呀，你若是喜欢，再任性一点也无所谓。可这种讨人厌的家伙就不行，不管怎么相处都叫人喜欢不起来。"

助七仰面躺着，双手捂着脸，发出异样而低沉的呜咽声。他哭了。

幸代裹紧了三木的披风外套，好像要把整个身子躲进去一样。走了大约五十米，她回头一看，大吃一惊。只见助七正襟危坐在雪上，把她忘在那里的绘有柳树图案的青色蛇眼伞放在篝火里烧了起来。伞骨灼烧的噼啪声清晰可辨。幸代突然觉得，自己的身体好像就这样被火葬了。

本　篇

记述了女演员高野幸代的演员生涯。

如果说高野幸代是野蔷薇，那八重田数枝就是蓟花。她本出身于大阪的贫寒家庭。老父老母开了一家点心店，如今依旧健在。数枝是长女，其下还有众多弟弟妹妹。小学上完之后，她十九岁。中介商那边常有一个点心师傅过来，她就同他一起玩，两人后来就一道去东京了。父母也算是默许了。点心师傅二十三岁，到了东京后很快就找到了活计，在银座的一家烘培坊上班，工资微薄，无以养家。于是数枝也在银座找了一个地方上班，是一家并不十分上档次的酒吧。两人之间只要稍微有了一点距离，这段距离就会以加速度的方式被迅速拉大。那个点心师傅如今已经结婚生子，而数枝却还是个平凡的女服务生。人生就是如此。小的时候，她就听人说，靠别人是靠不住的，如今她也深以为然。二十四岁时，她辞去了银座那间酒吧的工作，成了一个舞女，这样一来，也能稍稍存下一些钱。当年十一月下旬的一个早上，她睁开眼睛，突然发现以前同在银座那家酒吧上班的高野幸代正无精打采地坐在她的枕边。

幸代用冰凉的双手紧紧捧起数枝的脸，道："我没别的去处了。"

数枝一下就全明白了。

"尽做些傻事。"她一边说一边爬起来，紧紧地抱住了瘦小的幸代，之后又马上松了手，好像什么事也没发生一样：

"吃点什么菜？还是吃纳豆吗？"

幸代也兴高采烈地解下围巾，道：

"我去买吧。数枝你吃佃煮①吧？我去买些佃煮虾来给你。"

送走幸代之后，数枝拧开气栓，架上煮饭的锅，之后又钻进被窝里去了。

幸代的寄居生活就从这天开始了。岁末和新年也就这样相安无事稀里糊涂地过去了。一个雨夹雪的夜晚，两人关了灯，躺在漆黑的房间里聊天。

---

① 源自东京都中央区的佃岛。把小鱼、贝类等海产和酱油与糖等调味料一同放进煲里，并加入适量的水，利用慢火慢慢将煲内的水分收干为止，因为水分的蒸发和渗透压的原理，令调味更容易进入食物内，得出较浓郁的味道。一般都视为佐饭的配料，味道甘甜而带咸。

"我觉得幸代的伯父是个好人呢。过去的事情就忘掉吧。谁不是如此呢？所有人都一样，背负着不能触碰的伤痛，却要装出一副什么都不知道的样子继续生活——说得真好啊。他真是个明白人不是吗？我很佩服他呢。"数枝的话音里带着睡意。说完，她悄悄地翻了个身。

"你是想让我回去吗？"幸代蜷成小小的一团缩在被子里，不安地问。

"行啦行啦，"数枝一副大人口吻，"首先，那个什么历史性的家伙是个不折不扣的蠢货。真的是个怪人呢。不，简直是比怪人还要糟糕。他简直是诱拐妇女，是个罪犯，不干好事，成天煽风点火的，还总是满不在乎地不请自来。说话装腔作势的，好像他是谁的大恩人一样。趾高气扬的，下巴都要翘到天上去了，蠢蛋一个。你想想他看东西时的眼神，肯定不是什么好东西。"

幸代听了，嘻嘻地偷笑。

数枝也忍不住笑了，可嘴上却说：

"真是个讨厌的家伙。没什么好笑的，换句话说，他就是女人的敌人。"

"不过我知道，数枝你一开始其实还挺喜欢他的。"

"你这家伙。"

两个人女人捂着肚子，笑得打起滚来。

"都是回不去的过去啦。"数枝想要说点什么来掩饰自己的难为情，"怎么说呢，我们都算是男人缘不好吧。"可说得却不太高明。

"不。"幸代有个奇怪的癖好，她说话时的语气有时候会突然回转，变得像水一般冷冽而清澈。即便是在哈哈大笑之后，她说话的语气也能一瞬间沉静下来，丝毫不顾周遭的氛围。"我不这样想。无论怎样的男人，都值得尊重。"

这话自然让数枝有些发窘，她勉勉强强地用一种心平气和的语气说道：

"到底还是年轻啊。"说完之后，她又越发觉得这话说得不妥，不论怎样都显得自己十分狼狈。她闭了口，可终于还是忍不住了，便又斩钉截铁地说道，"别说蠢话了。地痞流氓也好，弱智记者也罢，没一个像样的东西，没有一个能给你幸福。他们有什么值得尊重？真是装模作样。"

"说得也不全对。"幸代又变回了原先的俏皮语气，"依偎在男人怀里就能得到幸福，这种想法一开始就错了，这是寄生虫过的日子。男人也有他们的自己的事要做，他们一生为之奋斗的事业是值得尊重的。明白了吗？"

数枝听了，嘴上没说话，心中仍十分不爽。

幸代乘兴继续说道：

"女人为了自己的幸福而去利用男人，其实是暴殄天物。

女人固然软弱，男人却比女人还要软弱。我总忍不住这么想：一个男人勉勉强强地使劲儿，好不容易才站稳脚跟。可这时候，一个女人突然扑通一下，把沉重的身体都压在他身上了。不论什么样的男人都会感到为难吧。真是可怜啊！"

数枝吓得大叫一声：

"你不是喜欢白虎队吧。"幸代的祖父曾是白虎队的一员，这件事数枝曾听幸代说过。

"哎呀，不是那样的。"幸代微微一笑，她的笑容在黑暗之中显得万分温柔，"我不是巴御前①，我可不喜欢手持长刀跟人厮杀。"

"你很像。"

"讨厌，我个子小，扛不起长刀的。"

数枝嘿嘿一笑，幸代见她的情绪又好了起来，心中也很欢喜，说：

"你再静静地听我说几句好不好？权当做个参考吧。"

"你说的话呀，全都装模作样的，肯定是受了那个历史性先生的不良影响。"数枝的心情已然十分开朗。

"其实不管是那个历史性先生，还是助七，或者是别的什么人，我都十分喜欢的。我从来没有遇见过坏人。爸爸妈妈都

① 平安时代后期的女子，木曾义仲的侧室，智勇双全，跟随义仲屡建战功，据说在义仲死后出家为尼。

是温柔善良的好人，伯父和伯母也都十分了不起。真是抬不起头。一开始就是这样，感觉别人都好，只有我一个人不好。一个生来就觉得自己低人一等的孩子，却被大家温柔地爱护着，一个人幸福地长胖。与其如此，我倒更愿意去死呢。我希望自己能有点儿用。干什么都可以，只要能给别人帮上忙，万死不辞。我要把男人打扮得漂漂亮亮的，再在他行经的路上铺满玫瑰花，哎呀，即便是那种紫色的贫贱小花也没关系，把整条路铺得满满当当，让他在路上堂堂正正地走。可是呢，这个男人却一点儿也不领情。一开始可不就是这样吗？他平心静气，从容不迫地走着，在路上逢了人就优哉游哉地打招呼。啊，看看，堂堂一个男子汉，多么英俊，多么了不起呀。而我就躲在一个谁也不知道的角落里，偷偷地瞻仰着他呢，真叫人高兴。我禁不住想呀，女人最隐秘的快乐，难道不就在这里吗？"

"说得不错，"数枝也听得十分认真，"可供参考。"

幸代喘了口气，又继续说道：

"这些男人啊，人都还不错，都是些小少爷。也不知道他们从哪里听来的，说女人只喜欢金钱和肉体，便一个人下了决断，独自辛苦劳累。而女人呢，又可怜他们，不忍心打破他们的这种独断。于是便一句话也不说，只在脸上写满虚荣和肉体的本能给男人看。这样一来，男人们便越发相信他们的独断了。这真是有点好笑。女人都是尊重男人的，谁都一样，她们总是一门心思地想要给予男人些什么的。可男人却一点也意识不到，只知道装出一副有钱人的样子，说些什么能让你幸福或者不能让你幸福的话，然后——哎，真是好笑呢。自信满满的样子，却尽做些奇怪的事情。女人只是肉体这种胡说八道，究竟是谁告诉那些男人的啊？追求爱情，本来就应该顺其自然嘛。突然变脸色，耍花招什么的，就没意思了。还有人说女人就是肉体，这种事情我觉得也没有那么重要。对不对？数枝你也这样觉得吧？一个人，即使挣了再多的钱，即使是同再多的男人寻欢作乐，到头来也还是会感到寂寞不是吗？我想要告诉所有的男人，如果想真正地去爱女人，如果想真正地让女人喜欢上他，其实只需要一些日常的东西，有什么事情也请直接吩咐就好。我的意思是，请保持权威地吩咐。即便没有地位和名望，即便没有钱，男人本身也是十分出色而尊贵。只要男人对自己，对他自己的本身有自信，女人该有多么高兴啊。相互之间稍微有点儿误会，男人也好女人也罢，就都要发起狂来。着急上火，也是没办法的事。如果双方之间能够意识到这些并笑着相互谅解——那就是幸福了。这个世界也一定会变得更加美好了。"

"啊，长了不少学问嘛。"数枝打了个看似夸张的哈欠，"所以说，那个须须木乙彦很不错啰。"

数枝的无礼，幸代并不在意。

"那个人嘛，挺好笑的，像个小孩儿一样。他曾经一脸古怪地跟我说，乳房这种东西，他以为别人都没有，只有自己的老妈才有。他说这话的时候，一点儿也没有装腔作势，就是害羞。我就想，他一直以来都过得很不好吧。这么一想，我就哭了。我的心里满满的，五味杂陈，又是欢喜，又是感激，又是怜爱。我就想这一辈子都待在这个人身边了。怎么说的，就像是他永远的母亲吧？就连我的心里都产生了这样崇高的感情。他真是个好人啊。他的思想，主张，我一点儿也不明白。可不明白也没关系。他给了我自信，他让我觉得即便是我，也能做些有用的事情。我希望能真真正正地给人的心灵深处带来深刻的温暖，光是这样一想，我就已经想要在这种快乐之中死去了。如今，我又这么圆滚滚胖乎乎地死而复生，真是太丢人了。我心里也感到害怕，我确实死而复生了，可像这样每天都重复着同样的生活，就这么过下去真的好吗？我真想大声叫喊。怎样都无所谓了，反正已经死过了一次，如果想为别人做点有用的事，那就大胆去做吧。再苦再难，我都能忍受。"她轻轻地抬起头，"喂，数枝，你还在听吗？那个历史性先生，我觉得他并没有那么坏。我当女演员的事情，他一直非常上心呢。怎么说呢？如果我什么都不做，就这么一直寄居在这里，数枝你也会感到压力吧？而且如果我当了女演员，历史性先生就能干劲十足地工作，那我觉得当女演员也挺不错啊。他跟我说，只要我有这个心思，之后的事情，就都能定下来了。"

"想去就去吧，你肯定能出名的。"数枝又有些不耐烦了，"我确实也有不高兴的时候。我有时候也会觉得你脸皮厚，这家伙什么也不干，究竟要在我这待到什么时候啊？可我有这么一个习惯，一件事情在我脑袋里的停留时间不会超过三分钟。因为我也很头痛。一件事情，不论我琢磨多久都无济于事。不管什么事情，我一定要试一试才知道。很傻是吧？可即便如此，我还是有许多担忧。因此，一件事情，我只琢磨三分钟，结果什么的我不在乎，立刻就去琢磨下一件事，也是只想三分钟，然后又是下一件事，三分钟。我已经习惯这样了。我把装着忧虑种子的抽屉依次打开，迅速地扫一眼，就啪地一下关上，然后就睡觉去了。这样子对身体健康十分有好处。怎么样？我身上还是有相当一点儿哲学的吧？"

"谢谢你，数枝。你真是个好人。"

数枝听了有些害羞，故意扯开话题：

"雨夹雪已经停了呢。"

"嗯！"说完了想说的话之后，幸代又变回了天真无邪的模样，"真希望明天是个好天气呀。"

"嗯。睁开眼就是清清爽爽的晴天，真叫人开心。"数枝也不假思索地附和道。一想到清晨的蓝天，整个人都欣欣鼓舞起来。仅仅是因为这个，就让人想要好好地睡上一觉。虽说是晴天，可自己却没什么特别的事情要做，想到这里，又想笑话自己。扯过被子来盖上，眼角里却突然落下一滴眼泪来，她感到有些惊讶：哎呀，究竟是打哈欠的眼泪还是哭了呢？总之，这孩子就要去当演员啦。看来也不得不为她组织一个后援会了呢。

☆　　☆　　☆

　　成了。剧团叫"鸥座"。剧场在筑地小剧场。剧作是契诃夫的《三姐妹》。女演员是高野幸代，饰演长女奥尔加，演得十分出彩。昭和六年三月下旬，公演了七天。第三天的时候，青年高须隆哉去看了演出。开幕了，只见奥尔加、玛莎还有伊莉娜三姐妹站在舞台上。没过多久，就轮到奥尔加独白了。一开始声音很小，几乎听不见。坐在阴暗观众席一角的青年竖起耳朵，才时断时续地听见一点儿：

　　　　那天天气很冷，下了雪……我实在是活
　　不下去了……可是现在过去一年，我们回想
　　这件事时，好像也没有那么难受了……（钟
　　敲十二下。）

舞台上的时钟正有条不紊地响着。青年听着钟声，整个人开始坐立不安。"啧啧"，他使劲地咂了咂嘴，便猛地站起来，跑到廊下去了。

我对那种女人没兴趣，我不喜欢那种女人，她到底是个自恋狂，是个不知谦逊的女人。只要自己有了意愿，什么事情她都办得到。她为什么要从家里跑出来当这门子女演员呢？看她那个样子，好像一点儿也不记得须须木乙彦的事情了。不是恶魔就是个白痴。不对不对，说不定女人都是如此。快乐，信仰，感激，苦恼，狂热，憎恨，抚慰，对她们来说都是一瞬间的事。只限当时，过去之后，便忘得一干二净了。真应该感到惭愧。我也曾经以为这就是纯粹的人性。我是个科学家，我通晓人类的官能，可我断然不是一个肉体万能论者。巴扎罗夫[①]那种人，太幼稚了。精神和信仰决定了人的一切，我会坦诚老实地相信圣母受孕，即便为此丢掉科学家的头衔也在所不惜。只要我是个真正的，纯粹的人——

他这番出乎意料的觉悟越发坚定起来。他的全身也因了异样的愤慨而颤颤发抖。他在寒冷的廊下大跨步地来回踱步，感觉自己好像正在承受万分的屈辱，正遭到全世界所有人的嘲笑。在这种坐立不安、心焦如焚的情绪之下，他竟开始怀念起

[①] 屠格涅夫小说《父与子》中的主人公叶夫根尼·瓦西里伊奇·巴扎罗夫。他是个医科毕业生，也是个虚无主义者。——译者注

死去的须须木乙彦。要是乙彦哥还活着该多好，心中的兴奋便一股脑儿变成了悲伤和忧愁，眼泪也差一点就流了出来。

"嘿，"有人拍了拍他的肩膀，是助七。"第一天的时候没看见你啊？"

——玛莎，你的心情我十分明白。

幸代的奥尔加哭诉着。在廊下依然能听见她的声音。

"演得真不错啊。"助七眯起眼睛："你看报纸了没？第一天的风评。轰动，大大的轰动啊。天才女演员出世！喂，你可别笑。真的是这样。我们那里刚找了梶原来写剧评。你猜怎么着，年纪这么大了，看了之后还是痛哭啊。真的是服气了，他说，看了这位女演员的表演，他这才头一回体认到奥尔加的苦恼。真是领教了。"说着，他把身后的门打开了一条缝，一边窥视舞台一边说，"身上好像有股气质，简直像变了个人一样。啊，退场了。"他赶紧关上了门，瞥了瞥青年的脸，无所顾忌地笑了。"太棒了！冷静一点。看看她呀，越来越像个大人物了。真是太好了！她真是初生牛犊不怕虎啊。"

"你每天都来看吗？"

"嗯。"青年冷漠的询问让助七有点儿不高兴，他变了副语调，"我可不会遮遮掩掩地躲在后面欢蹦乱跳。我同你们不一样，我很正直，伪装情感的事情，我做不出来。我很高兴，我是真的很高兴，高兴得简直想跳舞。报社那边的工作，我也都

171

能敷衍过去。所以每天我都会来这里打听别人的评价。你可别小瞧我了。"

"那是因为你高兴嘛。"高须轻轻地点了点头。依旧面无表情，"不过，她真是越来越出色了。"

"对对对。"助七听了，喜笑颜开，"算你小子明白。有这句话就足够了，别的也不用多说了，看来你还没忘。我拜托过你的，让你把她变成一个高贵的女人，看来你还没忘啊。你这小子还真是。啊，谢谢，谢谢了啊。今后也还要继续拜托你啦。"说着，他又把耳朵贴在了门上："啊，不好。维尔希宁上场了。这个维尔希宁的性格，我最受不了，让人脊背发凉，是个讨厌的家伙。"他一把搂过青年的肩膀。"喂，我们走吧。上后台看看去。"他一边走着，一边嘴上说个不停，"维尔希宁，真是令人作呕。我连他的台词都记下来了。"他轻轻咳嗽一声，"咳——是的，人们会忘记我们的，一点办法也没有，我们的命运就是如此。现在我们认为严肃的、有意义的、最重要的，历经时间之后——也都会被人遗忘，或者都会被认为是无关紧要的。——哧，真是跟那个三木朝太郎一模一样。——所以，我们现在过得这么习惯的生活，在将来也会显得是古怪，不洁，愚蠢，滑稽，也许甚至是有罪的。——越来越像三木了，啊，我简直要吐了。"

"不好意思。"他们被一个穿着水兵服的女孩儿叫住了。

"这是高野小姐给你的。"是一张折起来的小小纸片。

"什么呀？"助七伸出大大的右手。

"不是。"女孩儿脸色苍白，眼睛却很大，浑身散发着一股知名女演员的威严气息，"不是给您的。"

"是给我的。"高须从旁边一把拿过了纸片，皱着眉头打了开来。是一张纸巾，上面用彩色铅笔鲜明而浓重地写着：

> 刚才我在舞台上听到你在台下大声喷嘴，因此才看见了你快步走出廊下的身影。你的态度，再正确不过，你的感觉，也再正确不过。你的情绪，每分每毫，我都全然明白。即便是在舞台上，我对我自己的底细也一清二楚。那我究竟算是什么呢？我就像个魔芋怪物①一样，肮脏，棘手，一脸哭相。在舞台上，我心神不宁，坐立不安，简直想把自己穿的那件青色衣服给撕得粉碎。我只想告诉你，我不是那种厚颜无耻的人。我一点也不开心。我只是具行尸走肉，对，只有这个装腔作势的词才能形容。这些事情只有

---

① 流传于佐贺市的一则传说，现有魔芋桥（蒟蒻桥）。——译者注

你明白。请你不要惩罚我了。求求你，就请你装作没看见吧。我已经拼尽全力了，我必须活下去。是谁告诉我这些的？不是契诃夫先生，是你的乙彦哥，是须须木先生告诉我的啊。可他也同样跟你说过的啊。请你告诉我，我是不是哪里弄错了？请你告诉我，我是那种只为了甜头才活下去的女人吗？请你蔑视我吧。啊，我已经开始胡言乱语了。他们叫我了，我必须要上台去了。十点钟——

纸巾上的笔迹只写到了这里。

高须脸色发白。他笑了笑，把纸巾撕成了两半。

"让我看看，是要跟你约会吗？"

"你可没资格看。"高须直截了当地说，接着又把纸撕成了四半，"你倾慕的这个叫作高野幸代的演员还真是演技出色，光在舞台上演还不够，还要在台下继续演。"

"你怎么能这么说？"这番话让助七感到十分困惑，他双手交叉，抱着后脑勺，说："你真是的，这也是幸代辛辛苦苦写的呀。去见见她吧，一定开心的。"

助七猛地推了一下青年的后背。青年跟跄了一下，背上似乎感受到了某种人类的温暖的真情。他一个人摇摇晃晃地在剧场里徘徊着。这是他有生以来第一次来到后台。

☆　　☆　　☆

高野幸代在那之前的一个月就开始与三木同居了。

"数枝是个好人，死也不敢忘。我不工作就死了。什么也说不出来。海鸥，是不能说话的鸟。"留下这么几句呓语似的话，她就从八重田数枝的公寓里消失了。当天夜里八点左右，她造访了住在淀桥的三木。三木不在，只有一个矮小圆润的老太太在那里。租金大约三十元，是个颇新的二层小楼。幸代报上姓名。她哦了一声，古雅地点了点头，说："你的事，我已经听朝太郎说过了。他有个什么会，中午就出去了，现在应该快回来了。请进吧。"矮小的老太太温柔优雅地招呼她进门。她的手也好，脸也好，都十分光润，是个高贵典雅的老太太。幸代紧绷的神经松懈了下来，仿佛回到自己家一样。在老太太的引领下，她轻快地走进一楼的茶室，宛如一个重新复活的金鱼，她脱下了亮丽的大红外套。

"您是他的母亲吗？第一次见到您呢。"说完，她便鞠躬行礼，不过多多少少带点儿撒娇的意味。她把双手合在一起，却扑哧一声笑了出来。

175

老太太若无其事地说：

"是的。晚上好，承蒙你照顾朝太郎了。"老太太也寒暄一句，脸上是一副从容不迫的笑容。

这是一场不可思议的复生场面。

隔着长火盆，老太太像一座濑户瓷器一般，漂亮而紧致地坐了下来。她低着眼睛，没过多久就讲起了故事——

他是我的独子。虽然跟个小怪物似的，但我却依然信赖他。他的父亲，等到今年过了年，就去世七个年头了。唉，以前引以为豪的东西，如今却只剩下悲伤了。他父亲身体好的时候，在前桥，对，我们老家是上州的。我们家的餐馆，在前桥也是一流中的一流啊。大臣啊，师团长啊，知事啊，来前桥玩的时候，是一定要上我们家来的。那时候可真好啊。我也一样，每天都干劲十足，拼了命地忙活。可他父亲五十岁的时候，学了些坏门道，钻营取巧。店里垮掉，自然也是朝夕之间的事了。等到某天早上突然意识到这一切的时候，店里已经空空如也了。干干净净的，十分清爽。真是好笑。

他父亲没脸见人了。可即便如此，他还要撑一撑脸面，说自己藏着一座山的秘密，说那是一座金山。简直跟个小孩子一样，尽说些不着边际的谎话。男人真是不容易啊，就是在跟了自己这么多年的老婆面前也不得不苦苦撑面子。他还跟我们绘声绘色地描述了那座金山的真面目。明明知道他在说谎，听的时候还是觉得他又悲惨又可怜，眼泪也流了出来，真是不知如何是好。他父亲见我们听得都不太上心，自己便越发动气当真了。他说得更仔细了，还拿出了不少地图之类的东西给我们看，还拼了命地放低声音给我们一一说明，生怕被人听到一样。最后，他甚至还说要所有人一起去跟他找那座金山。这么一来，我真是不知所措了。在镇上，不论见了谁，他都不管三七二十一地把人家抓过来，跟人家说金山的事情。我真是羞愧死了，恨不得挖个地洞钻进去。他已经成了镇上人的笑柄。那时候，朝太郎刚开始在东京大学念书。我实在不知道怎么办，便写信给朝太郎，把所有的事情都告诉了他。那个时候朝太郎可真是能干啊。他立刻就从东京赶了回来，一副大喜过望的样子。

他对他父亲说："爸爸啊，你手里有这么一座好的山，怎么一直都不告诉我啊。若是有这等好事，那我还跟学校费什么劲啊，真是太蠢了。那我也不去上学了，把这个房子也卖了，咱们现在就立刻去看看那座山里的金矿吧。"说完，他便拽着他父亲的手不停催促他。

与此同时，他又暗地里偷偷跟我说："妈妈，行了，爸爸他已经没剩下多少时间了。潦倒落魄的人，就不要再羞辱他了。"

他严厉地教训了我一顿。让他这么一说，我才恍然大悟。

我真是羞愧啊，尽管是我的儿子，我也想双手合十拜他一拜。明明知道是谎话，我们一家三口还是坐了火车，又乘了马车，走过雪道，来到了信浓的深山里。即使现在想起来，还是感到辛酸。我们在信浓深山里的一家温泉旅馆住下了。之后的整整一年里，下雨也好，天晴也罢，他都陪着他父亲在山里走。走到太阳落山了，便回到旅馆来。他父亲说的话，他从来都认真对待，不当儿戏。他热心地听着，两人又是研究，又是商量。"明天没问题的，明天没问题的。"你一句，我一句，相互之间互相鼓劲，之后就睡了。第二天一早，又上山里去了。他被他父亲拽着到处走，还要听他那些乱七八糟不着边际的说明。可即便如此，他每一次都会深以为然地点头称是，每一天都忙得筋疲力尽才回来。全靠了朝太郎，在山里的那一年他父亲才能每天干劲十足，有正事可做，才得以在老婆和孩子面前漂漂亮亮地维持自己的体面，才得以不受羞辱，安详快乐地死去。他死在了信浓山里的那间旅馆。

"我的那座山是有希望的，知道吗？找到了咱们身家可要翻二十倍啊。"

他大吹大擂一番，就去世了。他的心脏之前就非常不好。那天早上刮着强烈的西北风，风大得叫人害怕。真是个凄惨的故事。朝太郎这小子呀，可是有两下子的。之后，我们母子二人便来到了东京，吃了不少苦头。最凄苦的事，就是我拿着一个大碗去买豆腐。如今朝太郎托了大家的福，总算是能写点儿东西挣点钱了，所以不管朝太郎做出些什么蠢事，我都信赖他。一想到他曾经那样用心地袒护他父亲，我的心里就感到又是感激又是过意不去。所以不管这孩子发生了什么事，就算是杀了人，我也依旧信赖他。他是个善良的好孩子。所以真的拜托你了呀。

说完，她轻轻地鞠躬行礼。幸代也不假思索地轻轻回礼。抬起头来，两人意外地打了个照面，便同时哈哈笑了起来。笑过之后，两人又喜极而泣。

十点的时候，三木大醉而归。他穿着一条硬邦邦白花花的久留米碎纹布和服裤裙，给人一股明治维新时期的书生之感。他慢吞吞地走进茶室，一句话也不说，好像要一脚把人踹开似的，就把老母亲从长火盆那里赶走了。他自己在那重重地坐下来，一边解着裤裙的扣子，一边问：

"你来干什么？"他就这么坐着脱了裤裙，一把扔给了老母亲，"妈，你上二楼去待一会儿吧。我和她有话要说。"

等茶室里只剩下两个人后，幸代说道：

"你可别自恋。我是来跟你谈工作的事的。"

"你回去吧。"在家的时候，历史性先生似乎有些阴郁粗鲁。

"你心情不太好嘛。"幸代若无其事地说，"我从数枝的公寓那边逃出来了。"

"哦。"三木反应冷淡，他正呼噜呼噜地喝着粗茶。

"我要工作。"说完，她的眼泪就流了下来，连自己也出乎意料，整个人就这么低声抽泣起来了。

"我已经对你不抱希望了。"三木皱起脸，一副由衷的憎恨模样，"你身上的懒惰简直无可救药。你不觉得你自己有点儿过度迷恋自己的痛苦了吗？我是过分高估你了。你的那点儿痛苦，就像是在手掌里扎一根针。痛吗？当然痛。痛得要跳起来了，可你要因此而四处哇哇大叫，人家只会笑你。刚开始的时候，人们可能会心疼你。实际上他们却根本不把你当回事儿。谁有工夫去在意这种事情呢？如今这世上的人，谁有工夫去悲伤呢？我懂。就你心里琢磨的那点事儿，我还看不透吗？我只是个蝼蚁。我拼尽全力，赌上自己的性命。你不相信对不对？事情都是这样。可是你听好了，真实这种东西，你光是在心里想，不论你想得多么深刻，不论你的决心多么坚定，如果你仅仅止步于此的话，那就是虚伪，就是假的东西。正经严肃的爱情，恨不得要把胸膛剖开给你看的那种，可若是不说出来，那就是傲慢，就是不在乎，就是自以为是。真实是行动，爱情也是行动，不存在没有表现和行动的真实。所谓爱情藏在心中，在形诸语言之前，这种话最终也不过沦为一句修辞。不说出来，就不明白，即便遭到冷遇，那也是没有办法的事。真理不是感觉上的东西，真理是表现出来的，是花时间努力创造出来的。爱情也是一样，顶住自身的无聊和虚无，温柔地给对方送上关怀，这之中就有正确无误的爱情。爱，是最高的奉献。即便是微尘，也不可念想着自我满足。"他又喝了一口茶，"一直以来，你到底在做些什么呢？好好想想吧。说不上来吧？当然说不上来了。因为你什么都没做。我是比较信得过你的。即便是你从那个山间旅馆里偷跑出来的时候，我还一时兴起帮了你的忙对不对？你有确定的目的，有无法遏止的渴望，此外，你还有好好地制订了一个聪明而具体的计划，一心想着去东京。然后怎么样了呢？你急急忙忙地搬进了八重田数枝那儿，就这么待着，什么也不干。八重田数枝真是个好人，一句话也不多说，不紧不慢有条有理地照顾你。可于她来说，这也是件为难的事情吧。你这若算得上全力以赴，那八重田数枝又算得上什么呢？她拼了老命，也只能是勉勉强强维持生计。人的软弱，你应该多少严肃一些对待。你身上的傲慢太可怕了。不知道有多少次，就连我都为你感到羞耻。你让我跟那个脏兮兮的报社记者打架，然后一句话不说兴致勃勃地在一旁偷看。就那个家伙，我都懒得跟他动嘴皮子。我是个很有自尊的男人。不论是地位多高的长辈，只要是直接叫我名字的，我都不喜欢。我就规规矩矩地做我的工作。我和那个家伙决斗，你不知道打完之后我是多么羞愧和痛苦。这是我有生以来头一回做这种不成体统的事情。你究竟把我当成什么？你在八重田数枝那里跟我摆架子，然后现在又跑到我家来了。你可别自恋了。来跟我谈什么工作的事？若是平时的我，现在可要打你两三个嘴巴了。"说着，三木的脸色还是发白了。

幸代愣愣地抬起脸，问：

"你不打吗？"

"说的什么话，你没睡醒吗？"三木苦笑道。说完，他缓慢地吐了一口烟。"你回去吧。我只说我想说的，之后我就奉行敬而远之主义了。你也稍微想想吧。你走吧，流落街头也不关我的事。"

幸代扭扭捏捏地说：

"街头很冷啊，我不要。"

三木差点扑哧一下笑出来。

"你可别想让我笑。"嘴上虽这么说，可他清楚地意识到自己在心里已经认输了。

"幸代，你要待在这里吗？"

"待。"

"要当演员吗？"

"当。"

"要学习吗？"

"学。"

幸代在三木臂弯中小声地回答。

"笨蛋。"三木放开了幸代，"我老妈跟你说了些什么呀？"他又变回了以往的那个历史性先生。

"我喜欢你的妈妈。"幸代往上拢了拢头发，"今后我会好好孝敬她的。"

就这样，幸代开始了与三木的同居生活。三木在剧坛中掌握着一股奇妙的势力。剧坛元老鹤屋北水在他背后坚决地支持他。而他特立独行的作风，也让剧坛中人对他敬而远之，几近畏惧。没多久，幸代的工作地点就定了下来——鸥座。那时候的鸥座十分出色。日本的知识分子们，都十分器重鸥座。指导者是血统纯正的贵族尾沼荣藏。出名的一线演员们，也竞相前往。外国古典戏剧也好，日本无名作家的戏曲也好，他们都大胆采用。每月公演一周，着实兴旺了日本的文化。在元老鹤屋北水的推荐与三木朝太郎的奔走之下，幸代一下子就担任了重要角色。也就是三姐妹中的大姐，奥尔加。"好了，奥尔加嘛，就是要压抑自己的情绪，压抑压抑压抑直到再也压抑不下去，等到这幕演完，她才终于忍不住呜咽起来。只要记住这一点就好了。"此后她就奉行尾沼先生的话，他是个多么伟大的人啊。

"还有呢，就是尽量不要给别的演员添麻烦，知道了吗？"三木只说了这一句，之后就再没教她别的了。三木还有他自己的工作要做。他把自己关在二楼的六铺席房间里，稿纸才写了几

个字，就揉成一团往墙上扔。之后就一骨碌躺下抽烟，然后又爬起来，孜孜不倦地继续写。每天晚上，他都熬夜写到很晚，仿佛在进行一项巨大的工程。幸代也一点儿没闲着。她每天都要到尾沼荣藏的沙龙里学习。她为此劳心尽力，丰满的脸庞瘦了下来，喉咙也经常发出奇怪的咳嗽声。

公演的第一天迫在眉睫了。三木悄悄地来到尾沼荣藏那里打听幸代的状况。回来之后，他就告诉幸代："倒不是你演得多好，而是其他的演员太差。尾沼先生就是这么说的。这次的公演，你肯定能出彩。可这并不是因为你演得好，而是日本的演员十分落伍，只有这么一点儿程度。明白了吗？一点儿都不是因为你优秀。所以别人对你的赞誉，千万不要当回事儿。"他就这样以一副叱责的口气把幸代说了一顿。尽管如此，当天夜里，他还是罕见地同老母亲还有幸代一起，在家中的茶室喝了不少酒。

第一天的公演果然十分成功。到了第二天，高野幸代就已然成为一位日本式的女演员了。第三天，遭遇了些挫折。青年高须隆哉的哑嘴声在高野幸代那完美的演技之上，抹上了一个小而深刻的失败。

高须隆哉造访后台时，整场戏刚好演完第一幕。幸代坐在那里，被一大群人围着，正哈哈大笑。香烟的烟气模模糊糊地弥漫在房间之中。也不知谁说了句什么话，立即引起了人们的一阵笑浪，房间笼罩在一片和睦的氛围之中。高须伫立在房间的门口。

幸代并没有发现他。她还沉浸在刚刚演出完的兴奋之中，正仰头对着天花板发出歇斯底里的大笑，声音尖厉，好似切割金属。

"打扰一下，不好意思。"

耳边传来这样的低语。一只巨大的黑色凤蝶突然紧紧地遮住了高须的全身。高须就这样哗啦一下被拽走了。对方一句话也不说，就这么轻快地把高须一直拽到了廊下的角落里。

"不好意思。"这是个身材苗条的女人。大眼睛高鼻梁一张落寞的脸，与她的黑色连衣裙十分般配。"我不能让你和幸代见面。她对你的事情非常在意，而她的演出好不容易得到了这么好的风评，就请你放过她吧，她现在真是拼尽全力了。她不容易，这点我明白。啊，你还不认识我呢。"她的脸红了，"不好意思，你是高须先生，对不对？我一眼就认出你了。真的是第一次见，可就是一眼就认出来了。须须木乙彦的亲戚，怎么样？我是不是什么都知道？"她是八重田数枝。公演开始后的这两三天里，她就感到莫名的担忧。正好今天不上班，所以她就跑到后台来了。

☆　　☆　　☆

啊，这天晚上，若是见到相识，恐怕会吓一大跳吧。须须木乙彦还活着。活着，大口大口地喝着威士忌。去年晚秋，须须木乙彦突然来到银座后街的酒吧。他在相同的一张沙发上坐下，与十九岁的幸代说着下雨的事。那时候，他以同样的姿势，身体要稍微前倾一些，深深地陷坐在沙发里。如今，高须隆哉正一边和八重田数枝喝着威士忌，一边小声聊着天。沙发旁，是一盆八角金盘，枝叶同以前一样婆娑伸展。乙彦曾无心地用指甲划过叶片，如今，叶子上的指甲印仍依稀可辨。室内本已暗淡的光线被八角金盘的叶子遮住大半，一轮新月的月光照在高须的脸上，他的脸孔轮廓也变得略微分明了一些。一团漆黑的阴影裹在他眼睛下面的脸颊上。他显得憔悴消瘦，看上去苍老得叫人害怕。数枝说着话，时不时地也瞥一眼高须的脸。她虽然知道眼前完全是另一个人，但心里总感觉有些异样。太像了。那天晚上，数枝也在这里和乙彦一起喝酒。她知道的。乙彦的皮肤十分粗糙，而他的脸也让人感觉好像哪里有点畸形。他绝对不是高须这样的美男子。可现在，在这间酒吧暗淡的光线中，乍一看来，两人竟然十分相像。这种血缘上的联系，让数枝感到十分不舒服。

高须还未察觉到这一切。他被数枝从剧场里生拉硬拽了出来。之后，又被数枝一个毫无恶意却又略带戏弄的主意带到了这间昏暗的酒吧。乙彦与幸代奇遇般地邂逅彼此的地方，正是自己坐着的这张沙发。乙彦被步步紧逼，终于找到了这天地间唯一的鸟巢和狐洞，这一张可供夜间休憩的椅子。而这些事情，高须一无所知。

高须平静地喝醉了，道：

"让她回去吧，回去挺好的。可不能让她去做女演员这种浮华的工作，必须让她回去。"

"可是——"数枝欲言又止，但还是说出了口，"不，我不是喝醉了无理取闹。不好意思，但是——为什么男人都这个样子呢？一说到女人的事情，就一副责任重大的样子呢？为什么都要讲一通显而易见的大道理呢？你知道幸代一直以来的生活有多么艰辛吗？你知道她又是如何克服这一切而活下来的吗？幸代她已经是个大人，不再是个小孩子了。放手不管她也没关系。一开始我也是一样生她的气。我也觉得女演员什么的，简直荒唐至极。我也跟你想的一样，让她回家是最最保险的事。可我错了。让幸代回家，我是省事了，幸代她却一点儿也不会幸福。你也是一样，终究还是有这种狡猾的想法，脑袋里有个地方终究还是有这种卑鄙而自私的想法。你由着自己的性子担下这些责任，为此烦闷忧虑，痛苦焦躁，然后又想着把这些责任转交给远方的某个人，自己也就一身轻松，神清气爽了。你心里就是这么想的，肯定是的。"她话虽这么说，人却已然有些露怯，于是便轻轻地握住了高须的一只手，偷偷窥探他的反应。"不好意思啊，我尽说些没礼数的话。"忽然，她仰头猛灌一口威士忌，"可是啊，现在再让这孩子回乡下，就真的太残忍了，这话也亏你说得出口。可不能让这孩子回去。你也知道这孩子去年做了怎样的事。你也知道人们是怎样笑话她的。东京很忙，人们也可以做出一副早已抛之脑后的样子。可乡下就不一样了，乡下聒噪得很。这孩子一定会被人关起来的。终其一生都是村里人的笑柄。乡下的人啊，三代以前的那些偷鸡摸狗的事情都能记得清清楚楚，还要互相记恨呢。"

"不是的。"高须冷静地否定道，"故乡并非如此，亲人们也并非如此。我知道那些悲剧，那些失去故乡的人们。乙彦哥就没有故乡。你应该也知道，乙彦哥他是我伯父的小妾的儿子，同他的生母一同辗转流离，生活非常艰辛。这是我知道的。他为了变得伟大而努力，想争口气给那个曾经抛弃他的父亲看一看。他曾是个出类拔萃的才子，真的非常出色。人也很用功，心里总想着要成为伟人，名垂青史。可在他弹尽粮绝赴死之前，他却劝我要尽守孝道，要忍辱负重，谨小慎微地活下去。我一开始以为他在开玩笑。现在，我开始渐渐认同他的看法了。"

"不，不是这样的。"数枝当仁不让地反驳道，醉意和兴奋染上了她的脸颊，"你是可以这样。你出身在这么好的家庭，父母亲依然健在，从小到大也没吃过什么苦头，人也有学问。孝敬父母，以家庭为重，即便不是须须木乙彦，别的人也会打心底里劝你这么做的。可我们跟你不一样，我们不是这样的。每一天，我们都为生计所迫，为债务所逼，即便我们的眼睛瞥过并察觉到了正确之事，也还是会被潮流裹挟着向前，不知什么时候，就被这世界打上了深深的烙印。幸代的情况更甚，这孩子已经在社会上失过一次足，已经是个渣滓了。尽孝这种伟大的事情，她是无论如何都做不了了。就是想做，别人也不会让她去做。恢复体面，这话听起来很可笑吧？是句悲伤的话呢。可对于我们这些曾经犯过错的人来说，这又是多么令人憧憬的事啊。为了恢复体面，连生命都可以舍弃，什么事情都可以去做。"她的声音突然又回落下去，"幸代她很可爱，如今正拼了命的努力。我理解她，我也想要多少帮她一把，让她变得了不起。"

"等等。"青年正等着这句话，他缓缓地点燃一支烟，"你说你想让她变得了不起。这就错了，显然错了，好似一个听写错误一样。一个人是无法让另一个人变得了不起的。如今这个世界，严酷异常。一朝一夕间恢复体面，获得万众的喝彩这种事情不过是天真的空想，是过去的梦罢了。就连须须木乙彦那样的男人也未能做到，而最终身死。现如今的人们，只要能够控制好自己，不给别人添麻烦，就已经算是做成一番大事业了。即便是仅仅做到这一点，便已经算是了不起，算得上是新的英雄了。真正的自信，最初难道不是源于自己建立起的那股明确的社会责任感之中吗？首先要毫无后顾之忧地培育自己和自己周遭的环境。要努力把自己那小小的故乡和那些贫贱的亲戚都培养成坚实的一兵一卒。若是做不到这点，那无论是多小的野心，也会被现实击退。我和你打赌，高野幸代，她一定会失败的。她若是继续这样下去，一定会在某天跌入最深的谷底。明白无误，仿若观火。这世界既艰难又严酷。每一天，我都能透彻地感受到当今世界的苛烈。渺小如微尘者，亦容不得半点胡来。相互之间，都以老鹰的目光直盯盯地看着对方。这不是件让人舒服的事情，却是没有办法的事情。"

"你输了，是你输了。"八重田数枝尖声叫道。她仿佛喝醉了一样，有些口齿不清，摇摇晃晃地捂住耳朵继续说，"我不想听，不想听。居然连你也说出这种可悲的话。你是狡猾，是坏。没出息。懦夫，明明就输了还要嘴硬。我再也不想听这些强词夺理了。这个世界上的人们，都是温柔和蔼的，都是会拔刀相助的。冷酷而悲惨的是你们，跌入深谷的是你们。明明就失败了，却还要装模作样说空话的，只有你们这样的男人才会去排挤和嘲笑别人辛辛苦苦的努力。你不行。从今往后，不许你再和幸代联系。一根指头都不要碰她。什么嘛，都是说谎。我是个现实的人。我都明白。你说的话，我全明白。虽然我明白，但如果可能的话，我心里还是想要怀着这么一个念想。我想要怀着这么个念想。请不要笑话我。我们是永远都做不到了，我们只会变得越来越糟糕。我懂的。啊，不行，事情还没见分晓呢，对不对？我真想一死了之啊。可幸代呢，我只是想让她变成一个了不起的人，想让她变得了不起。这孩子脑子好用，人也可爱。是个可怜的孩子啊。你知道吗？幸代现在已经成了那个剧作家的情妇了。变得了不起，变得有出息，只要不去给人当情妇——"

青年猛地站了起来，说：

"是谁？是哪里的人？你快带我去找他。"他立刻结了账，一只手托起烂醉如泥的数枝，"给我起来，反正就是这么回事了对吧？真是好一番出道啊。快给我带路。是哪里的男人？居然让幸代做这种事，绝对不行！"

他们上了一辆一元出租车，往淀桥那边去了。

在车上——

"浑蛋，浑蛋浑蛋，大浑蛋。真是多亏了你，告诉我这件事。"数枝被一种不祥的预感弄慌了神。"我爱幸代。我爱她，爱她，爱她。我比任何人都爱她。那些事情我全都记得。她的痛苦，我最知晓。我什么都知道。她是个好人啊，不能让她就此腐化。浑蛋，浑蛋！居然去给别人当情妇，浑蛋！去死吧，我要杀了你！"

未完结

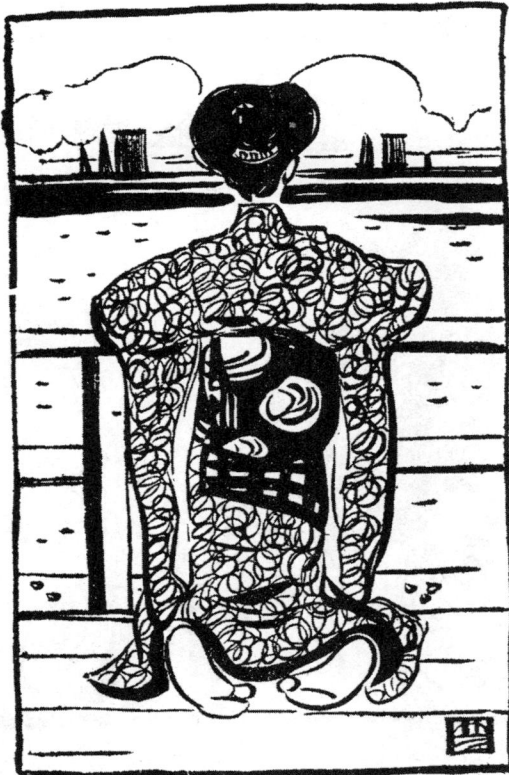

译后记

我对太宰治的感情十分复杂。一方面，我是他的译者，如今也算是靠在他这棵大树下乘凉的人了。可另一方面，我对他好像又有点儿喜欢不上来。其实我和大多数读者一样，对他并非十分了解。我只知道他数次自杀未遂，而同他一道殉情的女子却死掉了。因而，我对他反倒还有些厌弃，有点儿"哀其不幸，怒其不争"的意思。

可这本《关于爱与美》却好像有些不同。本书译自太宰治于 1939 年 5 月付梓的单行本。此前一年，他与石原美知子结婚。而从本书开始，太宰治迈入了写作生涯的"中期"。书中收录了他的新作《新树的言语》《关于爱与美》，以及旧稿重修的《秋风记》和《花烛》，还有以在七里滨自杀事件中丧命的田部目津子为原型的未完成作品《火鸟》。在这本书中，当然还有太宰治标志性的厌世和堕落，但随之而来的不是自戕，而是星星点点的希望，有如林火过后的新树与余烬重燃的火鸟。未能写完的中长篇小说《火鸟》颇有俄罗斯文学的味道，几种不同的思想借不同的人物之口相互博弈交锋。余下的几部短篇小说也都结构精巧、玲珑可爱。总体来说，颇有些"大正浪漫"的味道。

真的不喜欢太宰治吗？我时常这么问自己。其实不光是我，别人也有类似的困惑。例如村上春树，他似乎也不太喜欢太宰治，但好像又不敢光明正大地说自己不喜欢，于是便举出另一位日本大文豪三岛由纪夫的事迹来为自己开脱。三岛由纪夫也不喜欢太宰治，他以一种文学恐怖分子的姿态出现在太宰治面前，向他投出一把匕首："我讨厌太宰治先生的文学。"可太宰治只是笑了笑，眼睛也不知在看谁，说道："你尽管这样说，可你还是来了，所以还是喜欢的呀。"太宰治的回答或许让三岛由纪夫有些恼怒，但毫无疑问地说服了我。读都读了，译也译了，当然是喜欢的。

另外，我还想在此对我的师兄黄真表示感谢。在本书的翻译过程中，他慷慨地给予我许多帮助和建议，让我受益匪浅。与此同时，本书的翻译或许还有不当与讹误之处，也欢迎读者朋友们给予指正。

1948 年 6 月 13 日，太宰治在玉川上水投水自杀。今年是 2018 年，也是太宰治逝世 70 周年。在此，我也斗胆希望本书能够在某种程度上成为对太宰治的一种祭奠吧。

青鹏于丹麦

2018 年 7 月

太宰治年谱

1909 年（明治四十二年） 出生

6 月 19 日，生于青森县北津轻郡金木町。本名津岛修治。

1923 年（大正十二年） 14 岁

身为贵族院议员的父亲病逝。进入县立青森中学（1950 年以后为县立青森高中）。英文作文成绩优异。

1927 年（昭和二年） 18 岁

4 月，中学毕业，进入官立弘前高等学校文科甲类。9 月，与青森艺伎（小山初代）相识。

1929 年（昭和四年） 20 岁

接触共产主义思想，为自己的地主阶级出身而烦恼。12 月，期末考试前夜，服安眠药自杀未遂。

1930 年（昭和五年） 21 岁

进入东京帝国大学法文系。以门人的身份出入井伏鳟二身边。同年和咖啡店的女侍在镰仓的小动海岬跳海殉情未遂。由于对方死亡，因此以帮助自杀的嫌疑犯身份接受调查，经兄长文治等人奔走而得到起诉缓刑的处分。

1931 年（昭和六年） 22 岁

被津岛家除籍，与小山初代结婚。

1932 年（昭和七年） 23 岁

向警方自首参加左翼运动，并遭拘留。其后脱离左翼运动。

1933 年（昭和八年） 24 岁

在《东奥日报》首次以太宰治的笔名发表短篇小说《列车》。

1935 年（昭和十年） 26 岁

3 月，东京都新闻社入职考试失败，在镰仓企图自缢未遂。5 月，《道化之花》在《日本浪漫派》发表。8 月，发表于《文艺》（2 月）上的《逆行》成为第一届芥川奖的候补作品。9 月，被大学开除。

1936 年（昭和十一年） 27 岁

6 月，最初的创作集《晚年》刊行。8 月，第三届芥川奖落选。

1937 年（昭和十二年） 28 岁

得知小山初代与津岛家亲属习画学生小馆善四郎密切往来，太宰与初代殉情未遂。后分手。

1938 年（昭和十三年） 29 岁

9 月，前往甲府拜访井伏鳟二，经井伏鳟二介绍，与石原美知子相识。11 月，订婚。

1939 年（昭和十四年） 30 岁

1 月，在井伏家同石原美知子举行婚礼。在甲府市御崎町开始新婚生活。2 月发表《富岳百景》。9 月，移居东京三鹰，终生居住于此。

1940 年（昭和十五年） 31 岁

5 月，发表《奔跑吧，梅乐斯》等诸多作品。12 月，创作集《女生徒》获北村透谷奖副奖。

1941 年（昭和十六年） 32 岁

6 月，长女园子出生。9 月，太田静子同友人一道初访太宰治于三鹰的居所。

1942 年（昭和十七年） 33 岁

4 月，短篇集《风闻》刊行。6 月，创作集《女性》刊行。10 月，在妻子和长女的陪伴下首次回乡探母。12 月，母亲去世，独自回乡。

1944 年（昭和十九年） 35 岁

7 月，前妻小山初代病逝于中国青岛。8 月，长子正树出生。创作集《佳日》刊行。11 月，《津轻》刊行。

1945 年（昭和二十年） 36 岁

3 月，将妻子与孩子疏散至甲府娘家。4 月，家中因空袭被毁，自己也前往甲府避难。7 月，石原家被毁，只得同妻子和孩子一道回津轻避难，直到翌年 11 月才回到东京。9 月，《惜别》刊行。10 月，《御伽草纸》刊行。

1947 年（昭和二十二年） 38 岁

2 月，到神奈川县探访太田静子。借来她的日记，开始写作《斜阳》。3 月，次女里子出生（即日后的女作家津岛佑子），并结识了山崎富荣。11 月，她与太田静子的女儿治子诞生。12 月，《斜阳》刊行。

1948 年（昭和二十三年） 39 岁

1 月上旬，咯血不止。3 月，在富荣为他注射营养剂的同时写作《人间失格》。在《新潮》连载《如是我闻》，对志贺直哉进行猛烈批判。5 月，发表《樱桃》。6 月开始在《展望》上连载《人间失格》。6 月 13 日夜半，留下《goodbye》的草稿与数封遗书后，与山崎富荣于玉川上水投水自杀。19 日，两人的遗体被发现。7 月，葬于三鹰禅林寺。